글로 빚은 꽃

글로 빚은 꽃

2024년 3월 15일　초판 1쇄 발행

지은이　이동훈
펴낸이　이규만
디자인　B&D
펴낸곳　참글세상

출판등록　2009년 3월 11일 제300-2009-24호
주소　(우)03149 서울시 종로구 인사동 7길 12 백상빌딩 1305호
전화　02 · 730 · 2500
팩스　02 · 723 · 5961
이메일　kyoon1003@hanmail.net

ISBN 978-89-94781-69-3　　03810

글로 빚은 꽃

책 속에 길이 있고, 생각 꽃송이들이 황홀합니다

이 동 훈 지음

참글세상
1% 나눔의 가름

생각이 꽃이 되다

삶에 작용하는 모든 힘의 원천은 '생각'입니다. 인간은 생각하는 갈 대가 맞습니다. 한 톨의 생각 씨앗이 사상이 되고 철학이 되고 믿음이 되고 운명이 되고, 그것으로 길흉화복의 파노라마가 펼쳐집니다. 생각 은 마법사이며 초능력자 – 어디든지 갈 수 있고 무엇이나 할 수 있습 니다. 그러하매 생각하는 힘이 인간의 삶과 인류 문명을 활짝 꽃피웠 습니다.

세상에서 가장 소중한 사람은 자기 자신입니다. 자신을 만들어가는 여러 가지 방법 (독서, 운동, 밥 먹기, 일하기, 공부, 대화 등) 중에서 늘 실천 할 수 있고 효과적인 것으로는 단연 '생각하기'가 으뜸일 것입니다. 생 각을 단정하게 정리하는 일은, 세상을 바르게 보는 눈을 틔우고 또 자 신의 인격을 날마다 가다듬는 것과 같습니다.

좋은 생각이 좋은 인생입니다. 아아 〈글로 빚은 꽃〉 – 지금 이곳 에 생각 꽃밭이 흐드러집니다. 동서고금의 생각 생각이 함초롬히 꽃으 로 피었습니다. 삶의 향기가 책갈피마다 은은합니다. 잘 생각하면 모 든 사람이 스승이며, 시시때때로 모든 경험이 교훈이며, 삼라만상 모 든 관계가 하나의 학문임을 알게 됩니다. 그렇습니다. 좋은 생각이 좋은 인생을 만듭니다. 책 속에 길이 있고 그곳에 생각 꽃송이들이 황홀합니다. 작은 눈길 한 번에도 그것은 하나하나 불을 밝혀 우리의 인생길을 환하게 비추어 줄 것입니다.

생각은 신비의 씨앗입니다. 씨앗 한 톨로 세상을 바꿀 수도 있습니다. 좋은 생각 속에는 좋은 세상이 이미 꽃 대궐인 양 환합니다. 모쪼록 〈글로 빚은 꽃〉이 치열한 삶의 현장에서 마음의 쉼터가 되고, 갈래 많은 삶에서 바른 길잡이가 되고, 그리고 정서의 맑은 샘터가 되기를 두 손 모아 빕니다. 감사합니다.

갑진년 새 날빛 속에서

이동훈 삼가 씀

목·차

샘이 깊은 물

산을 움직이기 위해선
작은 돌을 움직이는 것부터
시작됩니다.

〈공자〉

파아란 물푸레나무 / 바람이 길을 묻는다

휘날리는 푸른 깃발 / 눈부신 바다

시간은 재잘거리며 / 도마뱀처럼 달아난다

제 음률에 호젓이 젖는 / 명주실 같은 행복

거룩한 햇빛들 / 산등성이에 고요히 내려앉는다 〈화원에서〉

💡 **행복은 우리가 찾아가야 합니다.**
왜냐하면 그는 움직이지 않기에...

💡 **마을에 사랑[仁]이 가득한 곳이 아름다우니, 잘 선택하여 사랑 가득**
한 마을에 살지 않는다면 어찌 지혜롭다고 하겠습니까? 〈공자〉

약간의 소금기가 바다를 얼지 않게 하듯이 짧으나 열동(열심히 운동)
시간이 있어 하루가 싱싱합니다. 소금이 있기에 삶이 건강하고, 나날
이 싱겁지 않아 좋습니다.

💡 **뿌리 깊은 나무는 바람에 아니 흔들리므로 꽃 좋고 열매가 많습니다.**
샘이 깊은 물은 가뭄에 아니 그치므로 내가 이루어져 바다에 갑니
다. 〈용비어천가〉

예의는 번거로운 형식이 아니라, 더불어 사는 사람이 되기 위한 아
름다운 구속입니다.

💡 맑고 고요한 것이 천하의 바름입니다. 〈도덕경〉

💡 군자는 의리에 밝은 사람이고, 소인은 이익에 밝은 사람입니다. 〈공자〉

인생은 혼자하는 여행이고 도중에 좋은 사람을 만나기도 하고 나쁜 사람을 만나기도 하지만 어쨌든 인생길은 혼자입니다. 부모 형제라도 친한 벗도 그 여행을 대신할 수는 없습니다. 혼자 걷고 혼자 싸우고 혼자 느껴워하고 혼자 감당하는, 오감의 파노라마가 인생입니다.

💡 사막이 아름다운 이유는 그곳 어딘가에 오아시스를 숨기고 있기 때문입니다. 〈어린 왕자〉

💡 성글게 엮인 지붕에 비가 새듯이, 잘 닦이지 않은 마음에는 탐욕이 스밉니다. 잘 엮인 지붕에 비가 새지 않듯이, 잘 닦인 마음에는 탐욕이 들지 못합니다. 〈법구경〉

💡 한국에서 가장 높은 인격은 정(情)입니다. 정(情)은 생명 사랑입니다.

💡 자신에게 돌이켜 보아서 성실하면, 이보다 더 큰 즐거움이 없습니다. 〈맹자〉

💡 **마음을 다하는 곳에 더 좋은 길이 생깁니다.**
이것이 한 인간의 발전이고 사회의 발전이고 역사의 발전입니다.

우주는 너르고 넓습니다. 우주에서 우(宇)는 공간이요, 주(宙)는 시간입니다.

살아가는 사람은 누구나 우주의 떠돌이별이죠. 그러니 어떻게 살아도 건강하기만 할 양이면, 그는 참으로 잘 사는 것입니다.

💡 **산을 움직이기 위해선 작은 돌을 움직이는 것부터 시작됩니다. 〈공자〉**

💡 **배움이란 곧 몸의 보배요, 배운 사람이란 곧 세상의 보배입니다. 〈명심보감〉**

청년은 겁 없이 도전하는 사람이며 청년의 마음으로 노년의 제 몸을 지배할 수 있어요.

피카소는 90 평생에 5만 점이 넘는 그림을 그렸죠.

죽을 때까지 청년의 마음으로 살았습니다.

💡 **하루하루가 나의 인생길입니다.**
오직 나의 하루가 나의 인생입니다. 가장 소중한 날은 바로 '오늘'입니다.

목표가 없는 삶은 마치 표류하는 배와 같아서 격랑에 떠내려가거나, 마침내 암초에 걸려 침몰하고 맙니다.

💡 **참된 여행은 새로운 풍경을 찾는 게 아니라 새로운 눈을 갖는 것입니다.** 〈마르셀 프루스트〉

굽이 잦은 인생길입니다. 살다 보면 갑자기 앞길이 뚝 끊어질 수 있습니다.

천야만야한 낭떠러지가 두 눈을 찌릅니다. 그러나 절망은 금물입니다.

절망하는 인간이 있을 뿐 절망의 상황은 없습니다. 심호흡을 하고서 눈앞을 다시 보십시오. 틀림없이 새길이 있습니다.

💡 **인격은 세파 속에서 이루어지고, 재능은 고독 속에서 이루어집니다.** 〈괴테〉

💡 **착한 일을 하는 사람에게는 하늘이 그에게 복으로 갚아주고, 착하지 않은 일을 하는 사람에게는 하늘이 그에게 재앙으로 갚습니다.** 〈공자〉

💡 **모든 일에 너그러움을 좇으면, 그 복이 저절로 두터워집니다.** 〈명심보감〉

어둠이 지나고 밝음이 찾아왔습니다.

낮과 밤의 순환 속에 목숨붙이들은 저마다 삶의 온기를 얻고 살아갑니다.

낮은 밝게 살아라하고, 밤은 고요히 자기를 바라보라는 뜻인 듯합니다.

가장 빛나는 것들은 일상 속에 있고 꾸준한 일상이 행복의 샘터입니다.

별을 보고 싶은가요? 어둠이 찾아올 때까지 기다리십시오.
별이 되고 싶은가요? 스스로 빛날 때까지 노력하십시오.

💡 **시간이란, 움직이지 않는 영원성의 움직이는 이미지입니다. 〈플라톤〉**

육체와 정신의 관계를 생각해 보면 육체(몸)를 본말(근본과 말단)로 따지면 '말(末)'에 해당하지만, 선후로 따지면 '선(先)'에 해당합니다. 우리는 스스로 자기 '몸'을 잘 돌보는 것이 가장 우선입니다.

💡 **인간에게 있어서 사랑[仁]은 물과 불보다도 더 중요합니다.**
나는 물에 빠지고 불에 타서 죽은 것은 보았지만, 사랑[仁]에 빠지고
사랑[仁]에 불타서 죽었다는 것은 보지 못했습니다. 〈공자〉

💡 자본주의가 추구하는 돈에 대한 (과도한) 탐욕은 인간성을 망치고 인류를 노예로 삼는 행위입니다. 〈프란치스코 교황〉

💡 하늘이 높으니 해와 달이 밝고 땅이 두터우니 풀과 나무가 자랍니다.
〈추구집〉

💡 내게는 진리 이외의 다른 신은 없습니다. 〈마하트마 간디〉

천재성이란, 집중된 힘을 한 방향으로 쏟아낼 수 있는 능력으로 사람은 누구나 자기만의 천재성이 있겠지요. 범재(犯才)와 천재(天才)의 차이는 딱 한 끗입니다. 마음이 닿는 곳에 천재성이 있습니다. 역사적으로 볼 때 자신의 천재성을 찾은 사람만이 실제로 천재가 되었습니다.

💡 정성과 믿음은 그 기준이 멀지 않습니다.
그 둘은 사람[人]과 말[言] 그리고 이룸[成]으로 되어 있는데, 앞의 사람과 말은 믿음[信]이고, 뒤의 말과 이룸은 정성[誠]입니다. 〈동경대전〉

💡 아이를 사랑하거든 매를 많이 주고, 아이를 미워하거든 먹을 것을 많이 주십시오. 〈명심보감〉

💡 자신이 모셔야 할 신이 아닌데, 제사를 지내는 것은 아첨하는 것입니다. 〈공자〉

사람이 외모를 가꾸는 일도 어렵지만, 재능을 가꾸기는 더 어렵고 인격을 가꾸기는 더더욱 어렵습니다. 옷을 명품으로 갈아입는 것은 몇 분 걸리지 않습니다. 몸매를 가꾸는 것도 길어야 1년입니다. 하지만 좋은 사람이 되는 데는 한평생이 걸립니다.

배우려고 하지 않는 자는 하수, 배우기만 하는 자는 중수, 배우고 실천하는 자는 상수입니다.

💡 사람들은 글자 있는 책만 읽을 줄 알고, 글자 없는 책(자연, 사람)은 읽을 줄 모릅니다. 또 줄이 있는 거문고만 탈 줄 알고, 줄이 없는 거문고(예술)는 탈 줄 모릅니다.
형체 있는 것만 쓰고 그 정신을 쓸 줄 모르니, 어찌 금서(琴書)의 참된 정취를 알 수 있겠습니까. 〈채근담〉

💡 부와 높은 지위는 사람들이 바라는 것이지만, 정당한 방법을 거치지 않고 얻었다면, (나는) 그 부귀에 처하지 않겠습니다. 〈공자〉

시간은 흐르는 것이 아니라 쌓이는 것이고 인격도 그와 같습니다.

💡 주체의 삶을 살아야 하고 스스로 자신을 믿고 당당해야 합니다.
나로 살고 나답게 살고 나보란 듯 살아야 합니다.
지금 눈앞의 이 세상은 나의 세상입니다.

불어오는 이 바람은 내 삶의 물결입니다.
아, 나는 진정으로 살아 있습니다.

'그물이 삼천 코라도 벼리가 으뜸'이라는 말이 있습니다.
주장되는 것의 중요성을 강조하는 표현으로 그물코를 지식이라고
하면, 벼리에 해당하는 것은 인성이거나 지혜일 것입니다.

💡 착한 일이 작다고 해서 아니 하지 말고,
　　악한 일이 작다고 해도 그것을 하지 마십시오. 〈명심보감〉

💡 가난한 자가 가난을 원망하지 않기는 어려워도 부자가 교만하지 않
　　기는 쉽습니다. 〈공자〉

운동 삼매, 놀이 삼매, 독서 삼매, 참선 삼매, 요리 삼매 등등. 삼매
란 사물과 하나 되는 것을 뜻하며, 그 일에 온 정성을 집중하여 한시도
잊어버리지 않는 것입니다. 삼매에 자주 들면 행복한 사람입니다.

💡 나직하게 닳은 돌은 / 밟아서 낮아진 것이네
　　우리 님은 멀리 가서서 / 나를 병나게 하셨네 〈시경〉

💡 일정한 생업이 없으면 꾸준한 마음이 없어집니다.
　　(無恒産 無恒心 무항산 무항심) 〈맹자〉

💡 생각은 단순하고 명쾌한 게 좋으며 호연지기(浩然之氣)는 단순한 생
  각에서 길러집니다.
  생각이 많으면 부정적인 인물이 되기가 십상이죠.
  호연지기는 단순한 생각에서 나옵니다. 단순한 생각이 큰 생각입니다.

💡 그대 수레와 말을 두고도 / 타지도 달리지도 않고 있네.
  만약 그대 죽어버리면 / 딴 사람 좋은 일만 되리 〈시경〉

💡 내가 꿈꾸는 태평성대는
  백성이 하려고 하는 일을 원만하게 하는 세상입니다. 〈세종대왕〉

아이들은 언제나 현재를 살고 있으며 미래를 위해 현재를 구속하거
나 비틀지 않아요.
현재를 충실하게 사는 것 – 이것이 잘 사는 것이고 가장 수준 높은
삶입니다.

독서는 인생 곳곳에 스며들어 그 사람을 만듭니다. 독서는 몸과 마
음의 양식입니다.

💡 마음, 마음이여! 알 수가 없구나.
  너그러울 때는 온 세상을 받아들이다가도 한 번 옹졸해지면 바늘 하
  나 꽂을 자리가 없도다. 〈달마 대사〉

티끌 진(塵)은 먼지입니다.

먼지는 모래 크기의 1만분의 1이죠. 사소하기 짝이 없어요. 사람은 티끌 세상에 하나의 티끌처럼 사는 존재로 세속은 먼지 세상입니다. 먼지가 이루어낸 세상인 거죠.

티끌 같은 인생이기에, 삶이 허무하기 때문에 오늘이 영원한 것인 양 살아야 합니다.

아아, 인생은 허무한 만큼 아름답고 아름다운 만큼 진실한 것입니다.

💡 사람이 배우지 않으면, 마치 하늘에 오르려 하는데 기술이 없는 것과 같고, 배워서 지혜가 원대해지면, 마치 상서로운 구름을 헤치고 푸른 하늘을 바라보는 것과 같고, 높은 산에 올라 온 세상을 바라보는 것과 같습니다. 〈장자〉

💡 지혜로운 사람은 물을 좋아하고, 어진 사람은 산을 좋아합니다. (知者樂水 仁者樂山 지자요수 인자요산) 〈공자〉

💡 소인들은 자신의 잘못을 반드시 변명하려고 하며 인정하지 않습니다. 〈논어〉

💡 행복해지는 가장 확실한 방법은 사람을 사랑하는 것입니다. 〈톨스토이〉

💡 바윗덩어리가 바람에 움직이지 않듯이 지혜로운 사람은 움직이지 않나니, 헐뜯거나 칭찬에 흔들리지 않습니다. 〈법구경〉

💡 지혜로운 사람은 행동하고, 어진 사람은 고요하고, 지혜로운 사람은 삶을 즐기고, 어진 사람은 천수를 누립니다. 〈공자〉

느린 삶이 행복한 삶이고 아름다운 삶에 스트레스가 없다는 뜻입니다. 속도전 시대에 느리게 산다는 것은 얼마나 통쾌한 일인가요.

💡 인[仁]을 행하는 것이 멀다고 생각하는구려! 내가 인을 행하고자 하면 바로 인이 이를 것입니다. 〈공자〉

시간은 말랑말랑한 밀가루 반죽과 같이 늘리든 줄이든 마음먹기에 달렸어요.
수제비를 만들어 먹든, 칼국수를 해 먹든, 전을 부쳐 먹든, 그 판단은 전적으로 시간을 요리하는 자의 선택입니다. 나의 시간이 애오라지 나의 인생입니다.

💡 하늘에 죄를 지으면 빌 곳이 없습니다. 〈공자〉

💡 교육은 학교에서 배운 것을 모두 잊은 뒤에 남은 것입니다. 〈아인슈타인〉

💡 독서는 지혜의 바다에 던진 낚시와 같습니다.
　책은 청년에게는 음식이 되고, 노인에게는 오락이 됩니다.
　부자일 때는 지식이 되고, 고통스러울 때는 위안이 됩니다. 〈키케로〉

💡 모양은 비슷하면서도 내용은 전혀 아닌 것[似而非]을 미워하니,
　강아지풀을 미워함은 그것이 벼 이삭을 어지럽힐까 두려워해서입
　니다. 〈맹자〉

　산에 올라가서 며칠 묵혀둔 헌 마음을 버리고 솔내 향긋한 생기를
얻고서 산을 내려왔더랬지요. 오는 길에 산새를 만났습니다.
　그는 연신 비빗중 비비빗, 산이 좋다고 말해 주어 나도 산을 좋아한
다고 사부자기 화답해 주었습니다.

💡 인생은 한 편의 시(詩)입니다. 〈임어당〉

💡 싸움터에서 백만을 이기기보다
　나 하나를 이기는 자야말로 최상의 이긴 자입니다. 〈법구경〉

💡 잘못을 저지른 것이 잘못이 아니라,
　잘못을 인정하지 않는 것이 잘못입니다. 〈공자〉

　남자와 여자는 근원적으로 다른 존재임을 알아 서로 적응하고 맞추

어 가는 게 중요합니다. 모든 게 그렇듯 사랑은 노력입니다. 노력하지 않고 거저 얻어지는 건 본능밖에 없습니다. 사랑은 노력이고 노력은 실천으로 사랑을 실천하십시오.

💡 **어떻게 살아야 하는지 배우는 데에는 한평생이 필요합니다. 〈세네카〉**

꿈을 꾸는 자가 젊음이고 젊음은 나이가 아니라 열정이고 꿈입니다.

꿈은 열정을 키우는 씨앗으로 꿈을 꾸는 자, 씨앗을 뿌리는 자! 그가 젊음입니다.

💡 **온갖 나무 다 동시에 봄이 옴을 알았네.**
   하루에 한 송이 꽃이 피고
   이틀에 두 송이 꽃이 피고
   삼백예순날에 삼백예순 꽃이 피어
   온몸은 다 꽃이고 온 집은 모두 봄이네. 〈동경대전〉

💡 **존재의 풍요로움은, 무엇이 되기보다 삶의 태도 즉 어떻게 사느냐에 달려 있습니다.**

모든 문제는 다면체로 사각형으로, 원 모양으로 또는 한 점으로 나타나기도 하지요.

세상에서 가장 중요한 눈은 나의 눈으로, 바라보는 나의 관점이 안목입니다. 보는 안목에 따라 삶의 깊이가 달라집니다.

💡 배움에서 의심하는 것이 귀중합니다.
작게 의심하면 작게 진보하고, 크게 의심하면 크게 진보합니다.
의심하지 않으면 (배움에서) 진보란 없습니다. 〈주자가훈〉

💡 두 손으로 물을 움켜쥐니 달이 손 가운데 있고,
꽃을 희롱하니 향기가 옷깃에 가득 스며들도다. 〈추구집〉

💡 오이를 심으면 오이를 얻고, 콩을 심으면 콩을 얻습니다.
하늘의 그물은 넓고 넓어 성기지만 새지는 않습니다. 〈명심보감〉

💡 지혜로운 자는 흔들리지 않고, 어진 자는 근심하지 않고,
용기 있는 자는 두려워하지 않습니다. 〈공자〉

마흔을 바라보는 시선이 동서양이 다른데 한국에서는 마흔이 '불혹'인데 비해, 미국에서는 '지옥에서 온 나이'라고 말합니다.
오호라 사람 바탕의 차이가 느껴지나요?

💡 반걸음을 쌓지 않으면 천 리에 이르지 못할 것이고,
작은 흐름을 쌓지 않으면 강과 바다를 이루지 못합니다. 〈순자〉

미래를 미리 안다면 무슨 재미로 살까요?

몰라서 재미있고 몰라서 흥미진진하게 살 수 있어요.

미래를 몰라서 짜릿합니다. 알쏭달쏭, 이것이 인생!

💡 **예[禮]는 사치하기보다는 차라리 검소한 것이 낫고, 상례[喪禮]는 대충 절차를 밟아 진행하기보다는 차라리 슬픔에 젖어 있는 것이 낫습니다.** 〈공자〉

💡 **즐겁지만 음란에 이르지는 말고 (樂而不淫 낙이불음)**
슬프지만 상처로 남지는 않아야지 (哀而不傷 애이불상) 〈시경〉

선(善)은 마음에 기쁨을 가져옵니다.

그것은 밖으로부터 오는 기쁨이 아니고, 내 마음속에서 일어나는 기쁨입니다. 그러므로 기쁨이 없는 것은 선이 아닙니다. 위선에는 기쁨이 없습니다.

진실로 행복이라는 것은 선을 심은 결과로서 얻어지는 과실이 아닐까요.

💡 **나는 이 나라에 태어나 사람으로 행세하고 살면서 분에 넘치는 덕을 입고 있습니다.**
하늘이 위에서 덮어주고 땅이 밑에서 받쳐주는 은혜와 해와 달이 내리비쳐 주는 은혜를 받고 있으므로, 머리를 숙여 감사하여 마지않습

니다. 〈동경대전〉

시련이 보약입니다. 그 보약을 먹어야 한 뼘 성장합니다.

청년들은 피 끓는 청춘이 시련입니다. 나이 든 사람은 나이가 시련입니다.

사람은 누구든지 언제든지 시련에 나부끼는 연약한 풀잎입니다.

💡 **시[詩]를 통해 일어나십시오.** (興於詩 흥어시)
예[禮]를 통해 바로 서십시오. (立於禮 입어예)
악[樂]을 통해 완성하십시오. (成於樂 성어악) 〈공자〉

💡 **도리를 지키며 덕을 베푸는 자는 한때 적막할 뿐이나,**
권세에 아부하는 자는 만고에 처량합니다. 〈채근담〉

마음에서 빛이 나는 사람은 언제든 어디서든 주변을 밝힙니다.

자신이 먼저 환하게 밝기 때문입니다.

💡 **공자의 네 가지 가르침은 〈품격, 실천, 진심, 믿음〉이었습니다.** 〈논어〉

💡 **군자는** (한 가지만 담는) **그릇이 되어서는 안 됩니다.** (君子不器 군자불기) 〈공자〉

즐겁게 잘 노는 게 중요합니다.
한때가 행복하고 즐거우면, 그 삶은 일단 성공적이라고 보면 돼요.
스스로 사랑하고 스스로 즐기는 삶이 가장 아름다운 삶입니다.

운율의 미감

덕(德)은
모든 인간사의 기초입니다.
기초가 튼튼하지 않고
집이 오래간 적이 없습니다.

〈채근담〉

오늘날 문학은 크게 운문과 산문으로 가릅니다. 구별 기준은 '운(운율)'이 있느냐 없느냐 하는 것이죠. '운韻(운율)'이 있으면 '운문', 없으면 '산문'입니다. 그런데 사실상 이 구분은 의미가 없어요. 모든 글은 어느 정도 '운(운율)'이 다 있거든요. '운(운율)'은 말소리의 울림이나 음악성과 관련되기 때문입니다. 운율의 미감은 사람의 정서적 반응입니다. 음악적 가락이 있고(대조적 구조로 표현한다든지 짝하여 표현한다든지 등의 방법을 적극 활용) 글에 특별한 질서나 규칙(수미상관, 두운 각운, 사륙변려 등)이 있어 문장 표현에 기교를 부리면 그게 '운문'이지요. 동양이나 서양이나 운문이 처음 등장하고 활약할 때는 이랬습니다. (동양에서는 시詩, 서양에서는 포임poem)

그러다가 세월이 흐르며 운문이 너무 규칙에 얽매이고 기교로 흘러가기에 새롭게 등장한 게 '산문'입니다. (서양의 프로우즈prose, 동양의 산문散文) '산문(散文)'은 규칙이나 기교에 얽매이지 않고 정확하고 분명한 의미 전달에 무게중심을 두었죠. 산문에서 '산(散)'은 대칭되는 짝을 찾아 표현하는 등의 까다로운 규칙이나 질서에 매달리지 않는다는 뜻입니다. 동양에서 산문의 첫 출발은 유교의 『서경(書經)』입니다. 훗날 『논어』에서 산문에 관한 가장 분명한 표현을 찾을 수 있습니다. 공자가 말했습니다. "문장은 뜻이 통하기만 하면 된다. (辭達而已矣)" (논어 위령공편). 말하자면 이것이 산문의 정신이었던 거죠.

💡 **시간 중에서 가장 값진 것은 〈지금〉이고,**
　일 중에서 가장 중요한 일은 〈지금 하고 있는 일〉이며,

사람 중에서 가장 중요한 사람은 〈지금 만나고 있는 사람〉입니다. 〈톨스토이〉

💡군자는 덕을 마음에 품고 사는 사람이고,
소인은 땅(물질)을 마음에 품고 사는 사람입니다. 〈공자〉

한국인이 한국의 위대성을 깨달을 때, 우리는 세계의 리더가 될 자격을 얻습니다.

우리가 미운 오리가 아니라 원래 백조였음을 깨닫는 게 중요합니다.

서양의 최신 수영법을 배워서, 우리가 더 잘 헤엄치는 오리가 된 게 아니라는 말입니다.

우리가 편견을 깨야합니다. 한국은 위대합니다. 태생적으로 한국인은 창조적입니다.

💡호연지기는 의(義)와 짝하는 것입니다. (浩然之氣 配義 호연지기 배의)
〈맹자〉

영혼이 어두컴컴할 때 가까운 산에 오르십시오.

등산 중에는 생수 한 모금 옹달샘 물 한 잔으로, 메마르고 허기진 감성에 낭만의 수로를 활짝 열기 바랍니다.

앉은 자리는 금세 즐거움으로 잔물지며 꽃자리로 피어나고 되울리는 산빛은 연인의 눈웃음인 양 가슴속에 내내 살아 있을 테죠.

한국인에게 산은 마음의 고향입니다.

💡 **사람이 멀리 내다보는 생각이 없으면, 반드시 가까운 근심이 생깁니다. 〈공자〉**

💡 **악의 열매가 익기 전에는 악한 사람도 즐거움이 있습니다.
악의 열매가 익을 때에는 악한 사람은 죄를 받습니다.
선한 열매가 익기 전에는 선한 사람도 괴로움이 있습니다.
선의 열매가 익을 때에는 선한 사람은 복을 받습니다. 〈법구경〉**

목표를 세우면 그것이 과녁입니다. 자신을 활로 삼고 자신만의 화살로 쏘십시오.

온 정성과 힘을 다하십시오. 이것이 바로 멋진 인생을 사는 비결입니다.

공부나 일이거나 대충하면 재미없지만, 열심히 하면 재미있습니다.
'대충'은 구경꾼의 삶이고, '열심'은 주인공의 삶이기 때문입니다.

신(神)이 따로 있지 않습니다.
지금 이 세상 전체가 바로 신입니다.
순간순간 변하고 조화롭고 객관적이고 오묘하고 불변하고 부조리하고 주관적인...

💡 삶이 그대를 속일지라도 슬퍼하거나 노하지 말라

　슬픈 날을 참고 견디면 즐거운 날이 오고야 말리니

　마음은 미래를 바라느니 현재는 한없이 우울한 것

　모든 것 하염없이 사라지나 지나가 버린 것은 그리움이 되나니

　〈삶이 그대를 속일지라도 – 푸시킨〉

한국 사회를 멍들게 하는 정실주의(학연, 지연, 혈연) 폐단은 유교의 탓이 아닙니다.

우리의 유교 정신은 정실주의를 크게 경계하고 지나치다 할 정도로 배격했습니다.

오늘의 정실주의 병폐는 한국의 주류 언론과 정치 모사꾼들이 지역주의 선동과 강자 독식 카르텔 깡패 의리를 쉼 없이 작동하기 때문입니다.

💡 군자는 법의 엄중함을 마음속에 품고 살고,

　소인은 자신의 잘못을 용서받으려는 마음을 품고 삽니다. 〈공자〉

💡 덕(德)은 모든 인간사의 기초입니다.

　기초가 튼튼하지 않고 집이 오래간 적이 없습니다. 〈채근담〉

무엇이든지 오랫동안 꾸준히 하기를 바란다면, 욕심을 내면 안 됩니다.

물처럼 바람처럼 구름처럼 자연스럽게 저 홀로 즐기는 게 좋습니다.

꾸준함의 비책은 자연스러움(억지로 말고)입니다.

💡 **자기 자신을 사랑하십시오.**
스스로를 사랑하지 못하는 사람은 누구도 사랑할 수 없습니다.

생활 속에서 어느덧 진실한 자아를 잃어버립니다.

자아 증발 현상이 발생하는 것이죠. 나(我)가 없어지는 게 일상이 됩니다.

현대인들에게 명상이 필요하고 독서가 필요한 까닭이 여기에 있습니다.

명상과 독서는 〈지금 여기〉에 철두철미 삼매에 들게 하거든요.

그러면 제물에 행복감이 절정에 도달하게 됩니다.

💡 **저마다 그 본래의 마음을 지키고, 그 기운을 바로잡아,**
그 타고난 천성에 따름으로써 하느님의 가르침을 받으면 자연히 교화가 이루어집니다. 〈동경대전〉

💡 **공자는 낚시는 해도 그물로 잡지는 않았고,**
화살은 쏘아도 잠자는 새를 쏘아 잡지는 않았습니다. 〈논어〉

💡 근래 한가로이 지내는 중에 실체를 깊이 사색하여,

　이 리(理)는 그렇지 않은 때가 없고 있지 않은 사물이 없다는 경지를

　깨달았습니다.

　참으로 이와 같으면 이른바 '백. 천. 만. 억'이 많은 것이 되지 못하며,

　소리도 없고 냄새도 없는 것이 적은 것이 되지 못합니다. 〈퇴계〉

　가벼운 산책이든 맨발 걷기든 무술이든 무엇이나 다 좋으니 습관을 들이십시오.

　습관적 운동은 스스로 챙겨 먹는 행복 밥입니다.

　운동은 사람의 몸과 마음을 항상 현재의 상태로 잡아둡니다.

　까닭에 운동하는 사람은 잘 늙지 않고 잘 낡지 않습니다.

💡 **삶은 대단한 모험이거나 혹은 아무것도 아닙니다. 〈헬렌 켈러〉**

　어린아이들의 무심한 작품이 감동을 주는 것처럼 매사 자신의 말과 행동에 진심을 담는 게 중요합니다.

　표현이 비록 진부하더라도 자신의 진심을 담는다면, 그 말이나 행동은 세계의 명언이나 권위자의 발언 이상의 값어치를 지닐 것입니다.

　매사에 진정성이 느껴져야 좋은 사람이 됩니다.

💡 **최상의 진리를 보지 못하고 백 년을 사는 것보다**

　최상의 진리를 보고 하루를 사는 것이 낫습니다. 〈법구경〉

행복은 먼 곳에 있지 않고 내 곁에 있지만 다만 스스로가 각성할 때 행복이 비로소 찾아옵니다. 이럴 때 시련과 고통마저 아낌없이 각성의 재료가 됩니다.

이걸 껴안고 고갯길을 같이 걸어야 합니다. 그 너머에 행복님이 환한 미소로 기다릴 테니까요.

인생은 모를 일입니다. 절정의 순간은 짧아요.

그러니 일희일비(一喜一悲)하지 말고 유장한 호흡으로 인생길을 걸어갑시다.

담대하고 담담하게 어떤 순간에도 인간다운 위엄을 잃지 마십시오.

스스로 당당하게 세상을 향해 우뚝 서십시오.

💡 **군자는 이 세상을 살면서 오로지 한 가지만 주장하지 않고, 부정하는 것도 없습니다.**
세상에 의로운 기준이 있어 따를 뿐입니다. 〈공자〉

성공이라는 것은 사회적 출세나 부의 축적이 말해 주지 못합니다. 인생에서 성공이란, 스스로 행복하고 스스로 만족하는 것입니다. 성공의 평가 기준은 오직 자기 자신뿐. 이 사실을 깨닫는다면, 그는 그 순간부터 성공한 삶을 살 수 있게 될 것입니다.

💡 **아직 삶도 모르는데 어찌 죽음을 알겠습니까? 〈공자〉**

💡 햇빛만 받는 인생이라면, 그 인생은 곧 사막이 되고 맙니다.

쉽고 평탄한 길만 걸으려고 마십시오.

어렵고 힘든 길을 오히려 반기십시오.

아무도 택하지 않았기에 그 길은 오롯이 나의 것입니다.

💡 사랑은 가없이 베푸는 기쁨입니다.

그 사람의 즐거움을 보고 진정 기뻐하는 게 사랑입니다.

시시풍덩한 일상에 붙매여 게으름의 바다에 빠져들었습니다.

빛나는 서슬을 진작 잃어버리고, 시간의 난파선에 예까지 흘러왔습니다.

정신을 퍼뜩 차리고 보니, 봄날이 저만치 가고 배웅도 없이 꽃이 진 자리가 아픕니다.

💡 무릇 우리 도(道)는 마음으로 믿고 정성을 들입니다.

곧 믿음을 가지고 정성을 들입니다.

사람이 말하면 그 말 가운데 어느 것은 옳고 어느 것은 그릅니다.

옳은 것은 받아들이고, 그른 것은 버리고 다시 생각하여 마음을 정합니다.

이렇게 정한 뒤의 다른 말은 믿지 않는 것이 믿음입니다.

이와 같이 잘 닦으면 마침내 그 정성은 이루어집니다. 〈동경대전〉

삶의 이치를 깨친 사람은, 인생을 두 번 사는 것과 같습니다.

밤이 지나고 아침이 오는 것처럼 절망 뒤엔 희망이 있습니다.

시련의 동굴을 지나 환희에 이른 사람만이 푸른 지혜를 노래할 수 있습니다.

혹독한 수련 끝에 고수의 반열에 오르는 무예인처럼.

💡 **만일 좋은 여자를 만나면 행복할 것이고,**

　나쁜 여자를 만나면 철학자가 될 것입니다.

　그러니 결혼하십시오. 〈소크라테스〉

힘들고 고달파도 사랑하는 단 한 사람이, 지금 곁에 있어 준다면 세상은 살만합니다.

아아 사랑의 감정이 태양 에너지보다 더 강해 그 사람 때문에 해가 뜨고, 그 사람 때문에 꽃이 피고, 그 사람 때문에 바람이 붑니다. 그 사람이 있어 어제는 행복했고, 오늘은 행복하고, 내일은 더 행복할 것입니다. 사랑하는 마음은 행복의 영원한 샘터입니다.

💡 **청렴하면서도 너그럽고, 어질면서도 결단할 줄 알고,**

　총명하면서도 지나치게 살피지 않고, 곧으면서도 바른 것에 치우치지 않아야 합니다.

　이를 일컬어 '음식을 꿀에 절여도 달지 않고, 해산물을 바다에서 건져내도 짜지 않다'라고 하는 것입니다. 그래야 비로소 아름다운 도

덕이 될 수 있습니다. 〈채근담〉

💡 남이 나를 알아주지 않는다고 걱정하지 말고,
　　내가 상대방을 알아주지 못함을 걱정하십시오. 〈공자〉

💡 벼슬 바다 물결이 수다히 뒤집히니
　　은둔 생활 공부 뜻을 어떻게 잊으리오. 〈퇴계〉

💡 음식이 담박하면 정신이 상쾌해지고,
　　마음이 맑으면 꿈꾸는 잠자리가 편안합니다. 〈명심보감〉

아무도 가지 않는 길을 걷는 것은 밤새 몰래 온 첫눈을 아침에 홀로 맞는 것처럼 설레고 기쁜 일입니다. 나는 나만의 길을 걷겠습니다.

고독(사색)을 즐기십시오. 고독은 자신을 벼리는 시간입니다.
고독은 스스로를 담금질하는 시간으로 돌멩이가 보석이 되는 과정입니다.

💡 이 세상에서 가장 넓은 것은 바다이고, 바다보다 더 넓은 것은 하늘입니다.
하늘보다 더 넓은 것은 사람의 마음입니다. 〈빅토르 위고〉

자신의 단점에 주목하고 그것을 메워 가면 평범한 사람이 됩니다.

그러나 자기의 장점에 주목하고 그것을 애써 키워 가면 특별하고 비범한 사람이 됩니다.

💡 **천금을 주고도 한때의 환심을 사기 어려우나,**
한 끼의 밥으로도 평생의 은혜를 만들 수 있습니다. 〈채근담〉

💡 **요즘 효도는 물질적 봉양만 잘하는 것이라고 생각하는데,**
이것은 자신의 개나 말에게도 모두 잘 할 수 있는 것이니,
공경 없는 물질적 봉양이라면 무슨 차이가 있겠습니까? 〈공자〉

화순 운주사에 가면 특별한 바위가 몇 개 있는데 둥근 원판의 바윗돌엔 별자리가 새겨져 있습니다. 예부터 인간의 운명을 관장한다는 별, 북두칠성입니다.

낱낱의 별들은 유난한 의미가 없습니다.

그러나 7개의 별을 별자리로 보는 순간, 북두칠성은 신이한 위력을 발휘합니다.

비유하면 별자리의 탄생이 곧 인간 문명의 탄생입니다.

책을 읽읍시다. 인생에 날개를 답시다. 언젠가 비상할 날이 올 것입니다.

💡 **조금밖에 가지지 않은 사람이 가난한 것이 아니라,
많은 것을 바라는 사람이 가난한 것입니다.** 〈세네카〉

💡 **남을 대할 때는 봄바람처럼 따뜻하게 대하고,
자신을 대할 때는 가을 서리처럼 엄하게 대하십시오.** 〈채근담〉

하루에 한 번씩 좋은 책 구절을 필사하는 시간(손으로 베껴 쓰기, 타자치기)을 꼭 가지십시오.

필사 삼매경은 하루의 삶에서 불안감이나 무료함 대신 기쁨과 희망을 선물할 것입니다.

💡 **한가할 때 시간을 허투루 보내지 않으면, 바쁠 때 쓸모가 있습니다.**
〈채근담〉

인생에서 중요한 것은, 교육이 아니라 생활입니다.
사람됨의 기본을 가르치는 곳은 학교가 아니라 집(가정)입니다.

누에에서 나비가 되는 과정은 고통스럽지만, 그 과정을 잘 이겨내면 자유롭게 날 수 있습니다. 고통 속에 환희가 들어 있고, 어려움 속에 쉬움이 들어 있고, 어두움 속에 밝음이 들어 있습니다.
지금이 어둡다면 밝음을 생각하십시오.
지금이 고통스럽다면 기쁨을 생각하십시오.

지금이 어렵다면 쉬움을 생각하십시오.
긍정의 마음이 긍정의 세상을 만듭니다.

삶의 미학

당신의 삶에도
겨울이 찾아올 수 있습니다.
하지만 어떤 사람은 얼어 죽고,
어떤 사람은 스키를 탑니다.

〈토니 로빈스〉

생각건대 문학은 즐거움입니다. 문학은 즐겁습니다. 문학은 음악이나 미술처럼 우리 삶의 빛나는 한 부분입니다. 문학 글터에서 삶은 예술이 되지요. 문학은 삶의 현장에서 날마다 맥박이 뛰듯, 즐겁고 행복한 언어 예술입니다. 문학의 재료인 말글은 누구라도 사용이 가능한, 생활필수품이며 장난감으로 문학을 즐겨야 합니다. 삶을 즐기듯 즐겨야 문학입니다. 한국인이면 남녀노소 누구나 가무 놀이를 즐기듯 합니다. 한 줄의 문장 표현에도 공들여 자기 철학을 아로새기는 사람들 – 독서를 사랑하고 글쓰기를 좋아하며 늘 책을 가까이하는 사람들– 이 진정으로 문학을 즐기는 사람입니다. 생애가 이슥토록 문학을 즐기는 사람들은 행복합니다. 놀이에 몰두하는 사람이 매양 행복한 것처럼 말이죠. 그런 맥락에서 문필가는 여유만만 놀이를 즐기는 사람입니다. 게다가 우리 말글은 흔전만전 널려 있는 고급 장난감이 맞다마다요.

(하늘과 땅 사이 사람만이 말을 한다

시는 바로 최선의 말 의미의 열매다

외로이 홀로 걸어도 시를 알면 다 얻었다

구중서의 시조 – 시를 알면)

💡 **고기는 씹을수록 맛이 납니다.**
그리고 책도 읽을수록 맛이 납니다. 〈세종대왕〉

💡 **군자가 위선적이면 소인이 악행을 일삼는 것과 다를 바 없습니다.**
군자가 변절하면 소인이 스스로 새로워지는 것만도 못합니다. 〈채근담〉

💡 **모두가 그를 좋아하더라도 반드시 살펴보아야 하고,**
모두가 그를 미워하더라도 반드시 살펴보아야 합니다. 〈공자〉

사람이 사람을 사랑하는 것보다 아름다운 게 어디 있나요.
봄꽃도 아름답지요마는. 사랑하는 마음 감추지 말아요.
사랑에 숨넘어가는 것보다 감미로운 게 어디 있나요.
봄비 소리도 감미롭지요마는. 사랑하는 마음 놓지 말아요.
〈사랑하는 마음〉

부자는 여러 종류가 있습니다.
돈만 많다고 부자가 아니고, 많이 가지고 있어야 부자입니다.
열정이 많으면 열정 부자, 돈이 많으면 돈 부자, 친구가 많으면 친
구 부자, 사랑이 많으면 사랑 부자, 책이 많으면 책 부자, 공감이 많으
면 공감 부자, 시간이 많으면 시간 부자, 딸이 많으면 딸 부자, 나이가
많으면 나이 부자.
꿈이 많으면 꿈 부자, 칭찬이 많으면 칭찬 부자...

💡 **즐거운 곳에서의 즐거움은 진정한 즐거움이 아니니,**
괴로움 속에서 즐거움을 얻어야 비로소 마음의 참 활동을 보게 됩니
다. 〈채근담〉

💡 **도덕은 영원합니다.**

그러나 재물과 권세는 매일 주인이 바뀝니다. 〈플루타르크〉

말은 많을수록 쓸 말이 적어지는 법입니다.
가루는 칠수록 고와지고, 말은 할수록 거칠어집니다.
그러니 우리는 '해야 할 말'보다는
'하지 말아야 할 말'에 더욱 주의를 기울이는 게 좋겠습니다.

💡 **한가로운 시간은 무엇과도 바꿀 수 없는 재산입니다.** 〈소크라테스〉

세상에는 오직 자신만이 할 수 있는 일이 있다고 믿어야 합니다.
누구나 이 땅에 태어난 이상 나름의 역사적 사명이 있다고 믿습니다.
자신을 믿는 자가 강합니다. 그는 자신감이 충만해요. 자신을 믿기때문입니다.

💡 **자신에 대한 존경, 자신에 관한 지식, 자신에 대한 억제,**
   이 세 가지가 생활에 절대적인 힘을 가져옵니다. 〈알프레드 테니슨〉

💡 **한국에서는 중국, 일본, 스페인, 이탈리아 등 세계 어느 나라에서도**
   감지되지 않는, 특유의 힘이 느껴지거든요.
   모든 사람들이 '두잉 더 베스트(최선을 다하는 것)'를 하는 모습에서 저
   는 한국의 품격을 느껴요. 〈한국계 프랑스 패션디자이너 김나리(비올렌 캄봉)〉

배움은 가멸은 삶의 창조자입니다.

배우면 내 것이고, 배우지 않으면 남의 것, 배울수록 젊어지고 배울수록 부유해집니다. 배움은 가멸은 삶의 화수분입니다.

💡 **당신의 삶에도 겨울이 찾아올 수 있습니다.**
하지만 어떤 사람은 얼어 죽고, 어떤 사람은 스키를 탑니다. 〈토니 로빈스〉

💡 **사람이 마음은 있는데 표현을 못하면 촌스럽고,**
표현은 잘하는데 마음이 없다면 억지로 꾸미는 것이니,
마음과 표현이 잘 어우러진 후에 군자답다고 할 수 있습니다. 〈공자〉

💡 **수명이 모두에게 주어진 것이라면, 그것이 얼마나 오래갈지가 중요한 게 아니라 그동안 얼마나 좋은 일을 많이 하는지가 중요한 것입니다.** 〈세네카〉

공자 선생이 꿈꾸었던 최고의 삶은 '즐기는 삶'입니다.

즐기는 것은 자신의 삶에 몰입하여 푹 빠지는 것입니다.

어떤 상황 속에서도 자신의 즐거움을 놓치지 않고 사는 사람이 가장 행복합니다.

독과 약은 경계선이 모호합니다.

약을 100이라고 했을 때, 실제로 49%이면 독이고 51%이면 약이 됩니다.

삶의 경계 지점은 고정되어 있지 않고 대중없이 출렁입니다.

그렇기에 상대의 쓴소리가 약이 되기도 하고 독이 되기도 합니다.

💡 **그대는 의무를 행하십시오.**

행하지 않는 것보다는 행하는 것이 낫기 때문입니다.

행위 없이는 그대의 육체조차 유지되지 못하리니. 〈바가바드기타〉

💡 **옳은 것을 알고도 행동하지 않는다면, 용기가 없는 것입니다.** 〈공자〉

무(武)라는 글자는 '싸움[戈]을 그치게[止] 한다'는 뜻을 지니고 있습니다.

'무술'은 곧 싸움을 그치게 하는 기술입니다.

그러므로 진정한 무예 고수는 싸우지 않고 이기는 사람입니다.

💡 **너무 아끼면 반드시 큰 대가를 치르고,**

많이 비축해 놓으면 틀림없이 큰 손실을 봅니다. 〈도덕경〉

💡 **모든 것이 꿈이었다는 것을 깨달을 때가 분명히 옵니다.**

그러나 언어 속에 보존된 그것들은 그나마 진실의 가능성을 보유합니다. 〈제임스 솔터〉

💡 내일 아침의 일을 저녁 무렵에 꼭 그렇다고 단정할 수 없고,
저녁 무렵의 일을 내일은 꼭 그렇게 된다고 단정할 수 없습니다. 〈명심보감〉

💡 돈이 없는 것은 슬픈 일이지만,
돈이 너무 많은 것은 두 배로 슬픈 일입니다. 〈톨스토이〉

💡 불교에서 '인생은 괴로움이다'라는 선언은 동시에 '인생은 즐거움이다'라는 선언이기도 합니다. 인생의 고를 절실히 느끼는 자에게 삶의 진정한 즐거움이 함께합니다.

조건 없이(무조건) 신을 믿기보다 스스로를 믿는 자가,
더 인간적이고 더 고귀하고 심지어는 더 종교적인 존재가 아닐까요.
무엇보다도 자기 자신을 믿으십시오. 세상은 스스로 믿는 자를 힘껏 돕기 마련입니다.

💡 선비가 안락한 삶을 추구한다면, 선비라고 하기엔 부족합니다. 〈공자〉

💡 술 취한 가운데도 말을 하지 않는 것은 참 군자요,
재물 거래에 분명한 것이 대장부입니다. 〈명심보감〉

오늘은 내 인생 최고의 날입니다.

오늘을 살기 위해 나는 지금까지 살아왔습니다.

그래요, 오늘은 내 인생 최고의 날입니다. 늘상 오늘만큼만 살아요. 행복합니다.

인물의 평가는 앞모습이 아니라 그의 뒷모습에서 나옵니다.

그의 앞모습은 현실(권력 또는 권위)을 비추고 있고, 뒷모습은 역사를 담고 있습니다.

그러므로 떠날 때를 알고 떠나는 이의 뒷모습은 얼마나 아름다운가요?

글로 빚은 꽃

군자는 근본에 힘쓰는 사람입니다.
근본이 바로 서면
그곳에 길이 생깁니다.
효도와 우애는 인(仁)을 실천하는
근본입니다.
〈공자〉

바야흐로 한국 땅에 새로운 문학 용어가 싹을 틔웁니다. 외연이 확장되어 오늘날 '문학'의 범위가 한없이 넓어졌습니다. 웹 문학, SF 소설, 배민 신춘문예, 로맨스물, 만화 에세이, 장르 문학, 스마트 소설 등의 출현으로 문학의 한계가 서슴없이 지워졌어요. 이럴 즈음 우리는 지금의 '문학'을 대신하는 새 이름이 필요한 듯합니다. 이것은 기존의 문학을 '문학'으로 지키기 위해서도 꼭 필요한 일이 아닐까 하는데요. 그래서 감히 제안합니다. '문학'의 새 이름으로 〈글꽃〉을 추천합니다. 한국 문인의 자부심을 담아 순우리말 이름으로 〈글꽃〉. 어때요? 뜻도 분명하고 어감도 좋고... 하하하 〈글꽃〉이 어떠할까요? '글로 빚은 꽃'이 〈글꽃〉입니다. 글로 수놓은 아름다운 세상이 〈글꽃〉 세상이지요. 글이 꽃이 되는 순간, 그곳에서 〈글꽃〉이 함초롬히 피어납니다. 정작 '글꽃 세상'이야말로 〈문학〉의 별천지가 아닐까요.

💡 **부모님의 나이는 자식으로서 늘 기억하고 있어야 합니다.**
   (한 살 더 드시면) 한편으로는 오래 사셔서 기쁘고,
   또 한편으로는 나이 드셔서 슬프기 때문입니다. 〈공자〉

💡 **노하지 않음으로 노여움을 이기고, 착함으로 악함을 이기고**
   주는 것으로 인색함을 이기고, 진실로 거짓을 이겨야 합니다.
   〈법구경〉

행복을 어떻게 얻을 수 있을까요?

개인의 연습과 수련으로 얻을 수 있을까요?

삶은 부조리하고 변화무쌍하고 불완전합니다.

비탈길에 놓인 둥근 공과 같아서 삶은 굴러가긴 가되, 끝내 어디로 갈지 알 수가 없습니다.

이때 '행복님'이 아는 체하며 썩 나서서 길을 안내합니다.

어디로 가야 할지 사람들에게 방향을 잡아주는 것이죠.

그래 생각하면 '행복님'이 참 고맙습니다.

켕기는 표정이거나 말거나, 우리는 모두 '행복님'을 따라 울레줄레 길을 나설 수밖에요.

💡 **마른 떡 한 조각만 있어도 화목한 것이**
   제육이 집에 가득하고도 다투는 것보다 나으니라 〈바이블〉

💡 **유익한 즐거움 세 가지가 있습니다.**
   - 악으로 절제하는 즐거움, 타인의 장점을 칭찬하는 즐거움, 현명한
   친구가 많은 즐거움
   - 손해나는 즐거움 세 가지가 있습니다.
   - 교만하고 으스대는 즐거움, 방탕함의 즐거움, 술자리의 즐거움. 〈공자〉

💡 **말에는 으뜸이 있고, 일에는 중심이 있습니다.** 〈도덕경〉

💡 **악(惡)이라는 글자는 '두 번째[亞]'와 '마음[心]'이 결합한 글자입**

글로 빚은 꽃

니다.

첫 번째 마음, 곧 사람의 본래 마음은 '하늘마음'이며 '착한 마음'이며, 인간의 본성입니다.

꿈이 있다는 것만으로 인생은 풍요로워집니다.

꿈은 좋은 취미로 남을 수도 있어요.

중요한 것은 꿈꾸는 쪽으로 지금 한 걸음 내딛는 것입니다.

방향이 정해지면 속도가 저절로 그 뒤를 따르거든요.

물론 속도를 조절하는 힘은 열정입니다.

그러나 열정은 꿈에서 비롯되지요.

꿈을 이루기 위해 노력한 경험은 인생의 귀한 자산이 됩니다.

꿈은 행복의 요술 방망이입니다.

꿈과 함께하는 순간순간이 정녕코 행복하고 아름답습니다.

💡 **잘못을 저지르고 고치지 않는 것이 잘못이며,**
　 잘못을 저질렀지만 고치기만 한다면 잘못이 없게 됩니다. 〈퇴계〉

💡 **시대와 어깨동무하며 늘 건강하게 살 수 있는 방법이 있습니다.**
　 첫째, 지치지 않는 열정을 갖고
　 둘째, 끊임없이 공부하며
　 셋째, 어떤 변화라도 받아들인다는 긍정적인 생각을 가지는 것입니다.

결혼은 역설의 진리를 선물로 제공합니다.

결혼은 구속일까요, 자유일까요?

결혼의 참다운 가치는 서로를 구속하는 대신 진정한 자유를 선사하는 일입니다.

결혼은 일상의 삶에 사랑의 울타리를 치는 일입니다.

모든 게 사랑으로 포장됩니다. 사랑이 실시간으로 둥둥 떠다닙니다.

사랑이 익어갈수록 구속의 터널을 지나, 두 사람은 구름 같은 자유로 풀려납니다.

💡 침묵은 재치 있는 임기응변입니다. 〈체스터턴〉

그령(술이 많이 달린 여러해살이 풀)은 길 복판에 나 있는 질긴 풀입니다.

역사의 수레바퀴가 지나가도 그령은 길 가운데 남아 있습니다.

그래, 민초(民草)는 그령을 가리키는 이름이지요.

우리 역사는 민초의 끈질긴 생명력에 더욱 주목할 필요가 있습니다.

💡 내가 하고 싶지 않은 것을 남에게 강요하지 마십시오. 〈공자〉

💡 여치의 날갯짓 소리 / 쓰륵쓰륵 울리는데
그대의 자손들도 / 여치처럼 번성하기를 〈시경〉

 글로 빚은 꽃

💡 '네모난 그릇'이 네모나지 않으면,
'네모난 그릇'이라고 부를 수 있겠습니까. ⟨공자⟩

욕망을 다 실현한다고 해서 생이 만족스러울까요?
욕망을 실현하지 않는 것이 더 큰 욕망의 충족일 수도 있습니다.
욕심을 비우면 만족이 채워집니다.
인생의 묘미가 이런 곳에 있는 것이 아닐까요?

💡 자기에 대한 애착을 끊으십시오.
가을 연못에서 연꽃을 꺾듯이 고요함의 길만을 따르십시오. ⟨법구경⟩

💡 자식을 사랑한다고 고생시키지 않을 것입니까? ⟨공자⟩

나는 나답게 살겠습니다. 벗님은 벗님답게 사십시오.
벗님의 삶을 부러워하지 않겠습니다.
똑같이 살 필요도 없고, 다르게 살려고 버둥거릴 이유도 없습니다.
자아를 잃고서야 사람은 아무런 매력도 향기도 없을 테니까요.
나다움은 빛나는 개성입니다.
나다움은 가장 용기 있고 가장 지혜롭고 가장 자연스러운 삶의 율
동이겠지요.
생이 다하도록 나는 나로 살겠습니다.

💡 종이에 그리면 그림, 마음에 그리면 그리움,
　날마다 그리면 사랑입니다.

💡 고통은 카르마(업業)를 쓸어내는 커다란 빗자루입니다. 〈석가모니〉

　인생의 단계마다 그 시기의 빛과 그늘이 있습니다.
　청춘이라고 다 좋기만 한 게 아니고, 노년이라고 해서 다 나쁜 것만
은 아닙니다.
　학창 시절에는 시간은 많은데 돈은 없고, 직장 다닐 때는 돈은 있는
데 시간이 없습니다.
　어느 순간이든 현재를 알차게 보내십시오.
　삶의 밝은 쪽(현재)을 제때 잘 본다면 인생은 늘 성공입니다.

💡 큰 밭은 갈지 마라 / 가라지만 덥수룩할 걸
　멀리 간 사람 생각 마라 / 마음만 뜨끈뜨끈 괴로운 것을 〈시경〉

💡 사람이 도(道)를 확장하여 나가는 것이지,
　도가 사람을 확장시키는 것이 아닙니다. 〈공자〉

　문화의 생명력은 순수함과 평범함 속에 깃듭니다.
　인생에서 낭만은 필수 문화입니다.
　교양과 인격과 예술의 샘터가 낭만입니다.

🖋 ...... 글로 빚은 꽃

낭만은 사람살이의 향기입니다.

경쟁 사회가 발달할수록 낭만이 더욱 필요하지요.

인간성 파괴가 가속화되는 이 시대에 특히 더...

💡 **항간의 뜬소문을 듣는 것은,**

나무꾼의 노래와 목동의 피리 소리를 듣는 것만 못합니다. 〈채근담〉

💡 **선(善)을 제 몸에 지니고 있는 이를,**

믿음직한 사람이라고 합니다. 〈맹자〉

하나하나 사람은 저마다 숲과 같습니다.

풀과 나무가 자라고 작은 생명체가 깃듭니다.

좋은 사람은 피톤치드를 생산합니다.

벗님이시여, 서로가 더불어 아름다운 숲이 되소서.

💡 **이욕(利慾)은 마음을 해치기에 부족합니다.**

독선(獨善)이야말로 마음을 해치는, 해충 같은 도적입니다. 〈채근담〉

💡 **한 알의 모래 속에서 세계를 보고,**

한 송이 들꽃 속에서 천국을 봅니다. 〈윌리엄 블레이크〉

💡 **마구간에 불이 났습니다.**

공자님이 조정에서 퇴근하여 돌아와서 말하기를 "사람이 다쳤는가?" 하고 묻고는 말[馬]에 대해서는 묻지 않으셨습니다. 〈논어〉

💡 평등의 눈으로 차이를 보십시오.
그러면 모든 게 평등하며 모든 게 자유로울 것입니다.
만물은 차이가 있어 평등하며, 평등이 있어 만물은 자유가 있습니다.

공부는 질투심 많은 애인과 같습니다.
공부 아가씨는 자기만을 사랑해주길 바라죠.
우리가 다른 것에 흥미를 느끼거나 눈길을 돌리는 순간
하하하 아가씨는 이내 삐져버리고 맙니다.
그녀는 자신보다 더 매력적인 것(놀이 오락 등)을 늘 시샘하거든요.

💡 많이 모인 꽃으로/ 많은 꽃다발을 만들 듯이
사람으로 태어나서는/ 좋은 일을 많이 하십시오. 〈법구경〉

💡 의로움[義]은 삶의 길이요, 잇속[利]은 죽음의 길입니다. 〈퇴계〉

💡 세 사람이 길을 가면 반드시 나의 스승이 있습니다.
(三人行必有我師 삼인행필유아사) 〈공자〉

대나무는 빨리 치솟으려는 욕망을 누르고 마디의 층을 만듭니다.

여유를 가지고 쉴 참을 만드는 거지요. 제대로 성장하기 위해서 그렇습니다.

스스로를 믿고 사랑한다면 안 될 일이 없습니다.
자중자애(自重自愛)가 삶 에너지의 원천입니다. 그러면 모든 게 다 잘될 것입니다.

💡 내 사랑아 너는 어여쁘고 어여쁘다
네 눈이 비둘기 같구나. 〈바이블〉

💡 부부의 도리는 두 성(姓)이 결합된 것이니, 안과 밖이 구별되어야 하며, 서로 공경하기를 손님처럼 하여야 합니다. 〈사자소학〉

💡 사람들은 하늘과 땅 사이에서 길을 헤매면서 살아가고 있으니,
되돌아 자신을 살펴본 일이나 있는가요?
배고프면 밥 먹고, 목마르면 물마시고, 이득거리를 보면 쫓아 나서고,
해로운 것은 피할 줄 알면서, 정작 하늘이 나에게 삶을 준 뜻과, 사람이
사람 된 까닭에 관해서는 생각하지 않는 것은 어째서인가요? 〈심경〉

💡 독서는 단순히 지식의 재료를 공급할 뿐입니다.
이것을 자기 것으로 만드는 것은 사색의 힘입니다. 〈존 로크〉

복잡한 것은 단순하게 풀고, 단순한 것은 한 겹 더 생각해 보는 게 필요합니다.

어려움은 쉬움으로 풀고, 쉬움은 어려움으로 한 번 더 생각해야 합니다.

단순한 것은 당연시 외면 말고 예의 주시하여 살펴보고, 복잡한 것은 단순하게 쪼개어서 대뜸 추진하고 보는 게 좋습니다.

💡 나는 태어나면서부터 모든 것을 아는 자가 아닙니다.
그저 옛것을 좋아하고 부지런히 그 진리를 추구하는 사람입니다. 〈공자〉

💡 소인을 대할 때 엄정히 대하는 것이 어려운 것이 아니라,
미워하지 않는 것이 어렵습니다.
군자를 대할 때 공손히 대하는 것이 어려운 것이 아니라,
올바른 예를 갖추는 것이 어렵습니다. 〈채근담〉

💡 "앵두나무 꽃잎이 펄펄 휘날리네요.
내 어찌 그대가 그립지 않겠습니까?
그러나 그대 계신 집이 너무 멀리 있네요."
- 공자께서 이 시를 평하시기를
"생각이 없어서 그렇지, (보고픈데) 무슨 먼 곳이 있겠는가." 〈논어〉

설렘이 없으면 삶은 단순히 의무가 됩니다.

설렘이 없는 삶은 희망이 없는 삶입니다.

벗님이시여, 오늘 내 삶은 어떤 설렘으로 채워지고 있는가요?

💡 군자는 근본에 힘쓰는 사람입니다.

근본이 바로 서면 그곳에 길이 생깁니다.

효도와 우애는 인(仁)을 실천하는 근본입니다. 〈공자〉

💡 부를 추구하면 사랑을 모르게 되며,

사랑을 베풀면 부를 축적할 수 없을 것입니다. 〈맹자〉

💡 사랑하는 이를 만들지 마십시오. 미워하는 자도 만들지 마십시오.

사랑하는 이는 못 만나 괴롭고, 미워하는 자는 만나서 괴롭습니다.

〈법구경〉

💡 황금이 곧 귀한 것이 아니고,

편안하고 즐거운 것이 더 값어치가 있습니다. 〈명심보감〉

💡 말을 잘 꾸미고, 얼굴 표정을 예쁘게 짓는 사람 중에

인(仁)을 가진 자가 드뭅니다. 〈공자〉

명상은 스스로 거룩함을 체험하는 기회입니다.

사람은 본래 종교적 존재이므로 거룩한 본성이 있습니다.

명상을 통해 자신의 성스러움을 찾도록 하면 어떨까요?

살면서 중요한 게 많지만, 그중에 사람 만나는 일이 으뜸입니다.

해사(하얗고 꽤 곱다)한 표정의 사람을 만나면 짧으나마 삶이 푸근해져요.

하루가 향기롭고 건강해지지요.

인생에서 가장 큰 복은 사람을 잘 만나는 것입니다.

사람을 만나는 일에서 인생이 비켜설 수가 없어요.

사람 만나는 게 일생이고, 사람 만나는 게 하루의 일과입니다.

이 사람 저 사람 만나면서 한 달이 후딱 지나가지요.

일 년 내내 사람을 만나는 일에 365일이 모두 소용됩니다.

그래요, 사람 만나는 일에 언제나 많은 공을 들이기를 바랍니다.

💡 큰 공간은 모서리가 없고, 큰 그릇은 늦게 이루어집니다.
큰 소리는 거의 들리지 않고, 큰 모습은 드러나지 않습니다. 〈도덕경〉

💡 내가 남의 부모님을 섬기면, 다른 사람도 나의 부모님을 섬깁니다.
〈사자소학〉

💡 정직하고 굳세고 소박하고 어눌함이 인(仁)에 가깝습니다. 〈공자〉

사교육비 활성화는 패가망신의 지름길입니다.

이것은 우리나라 사람들이 열심히 경제활동을 하면서도, 힘들게 사는 이유이기도 합니다.

아이들 사교육을 절제하고 여기에 돈을 안 써야 대한민국이 행복할
수 있습니다.

💡 **사람이 안정되면 하늘도 이기고, 뜻을 하나로 모으면 기운도 움직일**
수 있습니다.
군자가 조물주의 틀 속에 갇히지 않는 이유입니다. 〈채근담〉

💡 **'자등명 법등명' 나 자신을 의지하고 남을 의지하지 마십시오.**
법을 등불로 삼고 거기에 의지하십시오. 〈석가모니〉

최대한 끝까지 사람을 포기하지 않아야 합니다.
어려움 속에서 사람만 잘 지켜내도 삶은 그것으로 충분해요.
지금 미워도 소중한 그 사람을 품에 꼭 안으십시오.
절대 내치지 마십시오. 훗날 깨닫게 됩니다.
뜻밖에도 내 삶의 가치가, 그런 사람의 존재 여부에 따라 결정된다
는 것을..

💡 **내 나이 15살에 배움에 뜻을 두었고 (十五而志于學 십오이지우학)**
30대에는 전문가로서 우뚝 설 수 있었고 (三十而立 삼십이립)
40대는 어떤 상황에도 마음이 흔들리지 않았고 (四十而不惑 사십이불혹)
50대는 내가 세상에 온 이유를 깨달았고 (五十而知天命 오십이지천명)

60대는 어떤 말도 거슬림 없이 내 귀에 들어왔고 (六十而耳順 육십이이순)

70대는 영혼의 떨림을 좇아 살아도 상식에 벗어나지 않게 되었습니다. (七十而從心所欲不踰矩 칠십이종심소욕불유구) 〈공자〉

사랑의 감정은 직관력이 가장 크게 작용하는 분야입니다.

직관은 인간의 본능을 타고 유전자로 전달되어 온 것이지요.

까닭에 감수성이 깨어 있는 사람은 평생을 두고 사랑에 예민하며,

그는 늘 사랑 속에 있으며, 그는 언제라도 사랑을 느낍니다.

💡 물을 다루는 자는 물을 잘 끌어오고

활잡이는 화살을 잘 다루고 목공은 나무를 잘 다룹니다.

지혜로운 사람은 자기를 잘 다룹니다. 〈법구경〉

💡 친구를 가려서 사귀면, 모자람을 보완하고 도움 되는 바가 있습니다. 〈사자소학〉

💡 그렇게 하지 마시오. 공자님은 헐뜯을 대상이 아닙니다.

일반 사람들 중에 똑똑한 사람은 언덕과 같아서 뛰어넘을 수 있지만, 공자님은 해와 달 같은 존재라서 뛰어넘을 수 있는 존재가 아닙니다.

사람들이 스스로 가로막는다고 해도 어떻게 해와 달에 손상을 줄 수 있겠습니까?

다만 자신의 수준이 낮다는 것만 보여줄 뿐입니다. 〈논어〉

💡 **용서함은 좋은 일이요, 잊어버림은 더더욱 좋은 일입니다. 〈로버트 브라우닝〉**

바다에 들어가면 물방울은 자기 자취를 잊어버립니다.

하나로 연결되는 거대한 파동으로 거듭나지요.

까닭에 바다는 입자이면서 파동이며, 이것은 빛이 그런 것과 똑같습니다.

하늘에는 빛이, 땅에는 물이, 지구 온 생명의 근원임을 알겠습니다.

어둠살 깊을수록 마음 더욱 총총해라.

저근덧 타는 해 붉으나 붉어

고개 너머 살그니 빛살 붐빌레.

오호라 장대 어둠 도타이 쌓여 제물에 빛이 되나니

이제금 청산에 기대어 푸른 별을 찾노라네. 〈푸른 별〉

💡 **기상은 높고 넓어야 하나, 성글거나 거칠어서는 안 됩니다.**
마음은 빈틈이 없어야 하나, 잘게 굴어서는 안 됩니다.
취미는 깨끗하고 담박해야 하나, 무미건조해서는 안 됩니다.
지조는 엄정히 지켜야 하나, 과격해서는 안 됩니다. 〈채근담〉

💡 부자가 천국을 가는 것은, 낙타가 바늘구멍을 들어가는 것과 같습니다. 〈예수〉

💡 (나는) 도(道)를 꿈꾸며, 덕(德)을 실천하고,
　인(仁)을 베풀고, 예(藝)와 노닐며 살고 싶습니다. 〈공자〉

인간과 자연의 교집합,
그 어름에 예술이 탄생하고 종교가 탄생합니다.
생각해 보면 예술은 종교의 미적 표현이 아닐까 합니다.

밤하늘의 '달'을 선조들이 '달'로 이름 지은 까닭은,
거기에는 옥토끼와 계수나무가 살아가는 땅, 그러니까 그곳을
'하늘나라의 땅'('달'은 '땅'의 순우리말)이라고 여겼기 때문이 아닐까요?

💡 싹이 났는데 꽃이 피지 않는 것도 있을 것입니다.
　꽃은 피었는데 열매를 맺지 않는 것도 있을 것입니다. 〈공자〉

💡 성인(聖人)이라도 성찰을 하지 않으면 미치광이가 되고,
　미치광이라도 성찰을 하면 성인이 됩니다. 〈퇴계〉

💡 하루라도 착한 것을 생각하지 않으면,

모든 악한 것이 다 저절로 일어납니다. 〈명심보감〉

세상은 불공평한 것 같아도 상대적으로 보면 공평합니다.
겨울이 지나가면 봄이 오는 것처럼 세상은 흐르고 변합니다.
나이의 많고 적음이 약점이 되기도 하고 강점이 되기도 하지요.
누군가를 부러워하고 누군가의 부러움을 받고 다들 그렇게 사는 것입니다.
자신의 가치를 믿고, 당당한 존재로 살아가면 인생이 멋집니다.

💡 **매화는 추위와 고통을 겪은 뒤에 맑은 향기를 내뿜고,**
사람은 어렵고 힘든 일을 만났을 때, 그의 절개와 인품을 드높입니다.

어제는 모처럼 명상의 바닷가를 혼자 거닐었습니다.
고요하고 아득하고 빛살 찬란한, 불과 한 시간!
화엄경 세상이 꽃처럼 피어나더군요.
태초의 고향으로 돌아온 듯, 몸과 마음이 더없이 안온해졌습니다.
아아 명상의 세계는 무의식의 바다에 숨겨진 보물섬 같았습니다.

💡 **신(하느님)은 나를 용서해주실 겁니다.**
왜냐하면 이건 그분의 직업이거든요. 〈하인리히 하이네〉

💡 **배울 때는 미치지 못할 것처럼 하며,**

그것을 잃어버릴까 봐 두려워하듯이 합니다. 〈공자〉

💡 손님이 찾아오면 접대를 반드시 정성스럽게 해야 합니다.
  손님이 찾아오지 않으면 집안이 쓸쓸해집니다. 〈사자소학〉

지구상 생명체의 몸은 대부분 70% 정도가 물로 되어 있고, 지구 표면 역시 70%가량이 물로 채워져 있습니다.

유추 해석하자면, 지구라는 게 살아있는 한 생명체라는 뜻이 아닐까요.

사랑은 인생의 어느 때라도 찾아오는 것입니다.

제각각 독특한 사계절의 매력처럼 인생의 매듭마다 매력이 숨어 있어요.

봄은 봄의 매력이 있고, 여름, 가을, 겨울대로의 매력이 있죠.

삶의 오솔길에서 매력이 매력을 만나면, 매력적인 사랑이 피어나요. 나이가 어떻더라도 사람은 짐짓 매력을 한순간도 잃지 말아야 합니다.

사람의 가장 기본적인 매력은 따뜻한 마음, 밝은 마음, 친절한 마음, 긍정의 마음이 아닐까 합니다.

💡 거친 밥에 물 말아 먹고 팔꿈치 구부려 베개 삼아 누워 자더라도
  내 즐거움이 그 가운데 있으니, 옳지 못한 영화가 나에게 뜬구름과

같습니다. 〈공자〉

💡 제 몸을 닦고 집안을 가지런히 하는 것이,
나라를 다스리는 근본입니다. (修身齊家 治國之本 수신제가 치국지본) 〈사
자소학〉

💡 눈 덮인 들길 걸어갈 제 (踏雪野中去 답설야중거)
함부로 흐트러지게 걷지 말라 (不須胡亂行 불수호란행)
오늘 남긴 내 발자국이 (今日我行跡 금일아행적)
뒷사람의 이정표가 되리니 (遂作後人程 수작후인정) 〈사명대사〉

미래가 어떻게 될 거라고 기대하거나 두려워 마십시오.
오직 현재가 미래를 만들 뿐!
현재를 받아들이면, 미래는 무시해도 좋습니다.
그것은 현재가 그대로 곧 미래이기 때문입니다.

생의 즐거움은 높이 올라가는 것이 아니라, 깊이 들어가는 것입
니다.
자기가 좋아서 하는 일에 몰두할 수 있을 때 생은 한없이 즐겁습니다.

💡 사랑[仁]은 사람의 편안한 집이요 의로움[義]은 사람의 바른길입니다.
편안한 집을 비워두고 살지 않으며, 바른길을 버려두고 걷지 않으

니, 딱합니다. 〈맹자〉

돈은 훌륭한 하인이며 인정사정없는 상전입니다.
사람이 돈을 따라가지 말고, 돈이 사람을 따라오게 해야 해요.
생활의 주인은 돈이 아니라 사람임을 잊어서는 정녕코 안 됩니다.
사람이 가장 중요합니다. 사람 위에 돈 없고, 돈 아래 사람 없어요.
돈에 초점을 맞추는 삶은 불행할 수밖에 없습니다.

💡 **덕행이 뛰어난 사람을 만나면 그와 같아지기를 고민하십시오.**
   덕행이 없는 사람을 만나면 자기 스스로 반성의 기회로 삼으십시오.
   〈공자〉

💡 **하느님이 내 몸 내서 아국**(我國) **운수 보전하네**
   그 말 저 말 듣지 말고 거룩한 내 집 부녀 근심 말고 안심하소
   이 가사 외워 내어 춘삼월 호시절에 태평가 불러 보세 〈용담유사〉

오늘은 행복하고 내일도 행복한 날이라면,
삶은 곧 싫증 날 것입니다. 재미가 없어서 말이죠.
굽이굽이―조금은 위험하고, 조금은 불편하고, 조금은 불안한 게
좋습니다.
희망과 도전과 안타까움과 슬픔이 짜릿하게 우리를 기다리고 있을
테니까요.

반석 같은 평화보다도 흔들리며 자주 흔들리며 사는 게 오히려 즐겁습니다.

💡 **밖에 나가서 높은 사람을 잘 모시고, 집에 들어와 부모 형제를 잘 섬기고, 상례를 최선을 다해 치르고, 술 때문에 피곤하지 않는 것, 이것들 중에 나에게 무엇이 있겠습니까?** 〈공자〉

💡 **세상 사람들이 걷는 (나쁜) 길을 어찌 함께 가리오!** 〈동경대전〉

오료동미오(悟了同未悟)라는 말이 있습니다.
깨치고 보니 깨치기 전과 같다는 뜻이지요.
자신이 변했을 뿐 세상은 그대로라는 이야기입니다.
자신은 그대로인데, 세상이 변했다는 말이기도 합니다.
일상의 신비와 깨침의 오묘함을 표현한 명작이 아닐 수 없습니다.

인생은 더불어 숲입니다.
인생은 자연과의 관계입니다. 좋은 관계가 좋은 삶을 만듭니다.

💡 **어제는 샘을 쳐서 맑고 깨끗했는데
오늘 아침 다시 보니 반절쯤 흐려졌노라
알겠구나, 맑은 물도 사람 힘에 달렸으니
공들이기를 하루라도 그치지 말아야 함을** 〈퇴계〉

💡 말을 잘하고 표정을 잘 짓고 과다한 공손함을 내가 부끄러워합니다.
상대방에 대한 원망이 있는데 감추고,
그 사람하고 친구인 척하는 것을 내가 부끄러워합니다. 〈공자〉

세상의 처음 안식처는 부모님입니다.
마지막 안식처는 어디? 아마도 부부가 아닐까 합니다.
그러니 배우자를 잘 만나면 배우자한테 배울 게 무척 많습니다.
성별이 다르니까 뭐든지 새로워 이름도 '배우자'입니다.
세세연년 배우자가 신기합니다. 모르긴 해도 배우자가 평생 스승입니다.

💡 이 세상에 신(하느님)이 없다고 말하는 사람은 있지만
슬픔이 없다고 말하는 사람은 아무도 없습니다. 〈쇼펜하우어〉

💡 사람의 신체와 털과 피부는 부모로부터 받은 것이니
감히 훼손하지 않는 것이 효의 시작이고,
인격을 세우고 도에 맞게 행함으로써 후세에 이름을 드날려
부모를 현창하는 것이 효의 마무리입니다. 〈효경〉

💡 거의 죽게 된 지경에 이르렀다 하더라도 숨결이 아직 끊어지기 전에
는 사랑[仁]의 실천의 뜻을 잠시도 게을리 해서는 안 됩니다. 〈퇴계〉

습관은 제2의 본성입니다.

처음에는 내가 습관을 만들지만, 나중에는 습관이 나를 만들고,

세 살 버릇이 여든 가는 게 맞습니다.

좋은 습관을 몸에 갖추는 것은, 인생에 날개를 다는 것과 마찬가지입니다.

💡 나는 죽음에 대해 생각하지 않습니다.

어느 날 내 인생이 끝나겠지만,

나는 어떤 경우에도 내 인생이 죽음으로 시달리고 싶지 않습니다.

죽음은 내 인생의 밖에 있습니다. 〈장 폴 사르트르〉

💡 어떤 위치에 놓여있든지 책과 펜만은 놓치지 마십시오.

학교라는 게 꼭 무슨 형식에 사로잡힌 곳만이 아닐 겁니다.

보다 넓은 의미로라면 이 사회가, 나아가서 전 우주가

우리 학교가 아니겠습니까? 인생 학교 말입니다.

인생에 성실한 학생이 됩시다. 〈법정〉

💡 부귀와 명예를 도덕을 통해 얻는 것은 숲속의 꽃과 같습니다.

절로 자라나 크게 번성할 것입니다.

공을 세워 부귀와 명예를 얻는 것은 화분이나 화단 속의 꽃과 같습니다.

이리저리 옮겨지는 까닭에 흥망이 있을 것입니다.

권력을 배경으로 부귀와 명예를 얻는 것은 화병이나 접시 속의 꽃과

같습니다.

뿌리를 내리지 못한 까닭에 시드는 것이,

가히 서서 기다릴 수 있을 정도로 빠를 것입니다. 〈채근담〉

일본말로 신을 '가미'라 하고, 아침을 '아사'라고 하는 것은 우리말의 뿌리를 생각하게 합니다. 국내 한 연구가(한일 언어 비교)에 따르면, 고대 일본의 조상은 한국인일 것이라고 하며, 그 증거로 신성하고 위엄 있는 용어(왕실 언어, 신사 언어 등 특수어)는 대부분이 우리말에 어원이 닿아있음을 지적한 바가 있습니다.

💡편의에 안주하는 사람은 큰 고비를 만나면 어찌할 줄 모릅니다.

자신이 해오던 대로만 하는 사람은 큰 기회가 와도 붙잡지 못합니다.

임시방편으로 그때그때를 넘기는 사람은 큰 근심거리를 만나게 마련입니다.

남에게 이기는 것을 좋아하는 사람은 큰 적수를 만나게 됩니다.

〈이덕무〉

가장 중요한 것은 자신을 아끼고 사랑하는 법을 아는 것입니다.

소중한 가족한테서도 상처를 받을 수 있는 게 사람입니다.

사랑하는 사람에게서 받는 상처가 더 가혹하고 치명적일 수 있어요. 그러나 스스로 상처를 치료하고 세상에 당당하게 나서야 합니다.

내처 환자로 남을지, 의사 역할로 바꿀지는 자신이 결정합니다.

마음의 즐거움

일과 사물에는 근본과 말단이 있고,
시작과 끝이 있습니다.
그 선후를 알면 도(道)에 가까울 것입니다.

〈대학〉

'남녀'를 가리키는 고유어로 '아들'과 '딸'이 있습니다. '아들'은 '아사달' 즉 '처음 땅'이며, '딸'은 '달' 즉 '땅'의 뜻이라고 여겨집니다. 진실로 그러하다면 대한의 아들[해의 상징]과 딸[달의 상징]은 모두가 땅 즉 '웅녀'의 자손입니다. 단군신화에 나오는 '웅녀(熊女)'는 '곰' 혹은 '곰녀'의 한자 말 표기입니다. 우리말 '곰'은 '신(神)'이며 '땅'입니다. 형용사 '검다'는 '땅이다' 혹은 '밑이다'의 뜻입니다. 못 믿을 손! 〈신화는 상징〉이라고 하고서는 '웅녀'는 '곰[熊]'이라고 해석하는 것은 웬일인가요? 민족정신 말살을 획책한, 일제 강점기 조선총독부의 시각을 아직도 우리가 버리지 못하고 있음은 참으로 안타깝습니다.

💡 **일과 사물에는 근본과 말단이 있고, 시작과 끝이 있습니다.**
그 선후를 알면 도(道)에 가까울 것입니다. 〈대학〉

💡 **덕을 수양하지 못하는 것, 배움을 제대로 익히지 못하는 것,**
옳은 것을 듣고 실천에 옮기지 못하는 것, 잘못된 것을 고치지 못하는 것, 이것들이 내 인생의 근심입니다. 〈공자〉

어린아이의 순진한 시선은 사람을 즐겁게 하는 힘이 있습니다.

그림책을 보던 일곱 살짜리가 말합니다.

"고래가 제일 크네. 그런데 고래보다 큰 게 있어. 용이야. 용보다도 더 큰 건 하느님이고.

그런데 로봇은 하느님보다 더 커!"

💡 실패는 내게 꼭 필요한 것입니다.
실패와 성공은 나에게 똑같은 가치를 갖습니다. 〈토머스 에디슨〉

💡 처음부터 겁먹지 마세요.
막상 가 보면 아무것도 아닌 게, 세상에는 참으로 많습니다. 〈김연아〉

💡 나무는 꽃을 버려야 열매를 얻고,
강물은 강을 버려야 바다에 이릅니다. 〈법화경〉

가족은 하늘이 맺어준 인연이고,
좋은 친구는 내가 선택한 가족이라고 할 수 있습니다.

💡 지혜 중에서 가장 보편적인 동시에 가장 필요한 지혜는 연민에 충실한, 또는 연민에 근거한 지혜입니다. 〈레비스트로스〉

오늘을 살아갈 힘은 어디서 나오는 것일까요?
사람마다 다르겠지만 우선은 가족에게서 받는 게 제일 크겠지요.
가족의 따뜻한 응원과 격려는 더할 나위 없는 인생의 에너지입니다.
가족의 힘을 느낄수록 그는 더욱 용감해지고 활력이 넘쳐날 것입니다.
감사의 마음으로 하루를 열심히 담금질해 낼 것입니다.

💡 우리 속담은 재치 넘치고 교훈 가득한, 놀라운 일행시(一行詩)라고
할 수 있습니다.

사공이 많으면 배가 산으로 간다 – 오오, 이토록 빛나는 시편이라
니!

💡 건강함이 첫째가는 이익이요,

족함을 아는 것이 첫째가는 부(富)요,

믿음이 첫째가는 벗이요,

마음의 평안함이 첫째가는 즐거움입니다. 〈법구경〉

어려운 걸 쉽게 해결하는 힘이 유희 정신입니다.

어려운 문제가 닥쳤을 때, 나에게 공부 기회가 왔다고 생각하십
시오.

그 문제를 해결하고 나면 인생이 한결 즐겁고 재미있어집니다.

💡 누구나 개미보다 더 잘 설교할 수는 없습니다.

더구나 개미는 한마디도 안 합니다. 〈벤져민 프랭클린〉

💡 세상이시여, 우리는 그대를 응원합니다.

부조리하고 위태로운 세상이시여. 우리는 그대를 내처 응원합니다.

나와 그대, 한 사람과 한세상 – 둘은 일심동체로 한세월을 살아가
기에...

인생은 수수께끼 – 어렵고 까다롭고 재미나고!

그래, 풀고 나면 다 쉽지요. 후훗, 문제 푸는 재미로 오늘을 또 살아
갑니다.

다 함께 외쳐볼까요. "문제야 오너라, 덤벼라 인생아!"

💡 **많은 사람들이 아름다움과 즐거움과 사랑과 진리를 찾아 헤맵니다.**
그러나 결국은 그 어떤 것도 얻지 못하고 맨손으로 돌아옵니다.
그들은 남이 그것을 줄 것으로 믿었기 때문입니다. 〈벨링〉

봄날 고요한 산길을 걷습니다.

곁에 누구도 없이 나를 홀로 돌아봅니다.

흙을 내버려 두고 씨앗을 잊은 채, 꽃과 열매만을 탐해온 내가 미웠
습니다.

산속 오솔길은 내처 으늑히 아름다웠고, 한 줄기 세찬 산바람에 눈
물이 찔끔 났습니다.

💡 **하늘에는 예측할 수 없는 비바람이 있고,**
사람에게는 아침저녁으로 화와 복이 있습니다. 〈명심보감〉

💡 **사람은 우환 속에서 살고, 안락 속에서 죽습니다.** 〈맹자〉

고통과 고뇌 앞에서 대범하십시오. 그것은 차라리 깨달음의 문

이죠.

왜냐하면 깨달음은 반드시 선행의 깊은 고뇌가 있기 때문입니다.

💡 **선행을 하면 겉으로는 그 이익을 볼 수 없습니다.**
그러나 풀 속의 한해살이 동아 박처럼 자신도 모르는 사이 그 공덕이
절로 자라납니다.
악행을 하면 겉으로는 그 손해를 볼 수 없습니다.
그러나 마치 뜰 앞의 봄눈처럼 자신도 모르는 사이 그 악덕이 반드시
몸속으로 스며듭니다. 〈채근담〉

💡 **집안에 참된 부처가 하나씩 있듯이 일상 속에도 참된 도가 있습니다.**
〈채근담〉

남녀가 처음 사랑할 때는 서로 달라서 사랑하게 되는데, 오래 보노
라면 그것 때문에 싸우기도 합니다. 세상은 참 요지경 속이지요. 사람
은 변화에 적응이 참 빠릅니다.

세상은 날마다 새롭습니다.

💡 **시련이란 해가 떠서 지는 것만큼이나 불가피한 것입니다.**
대나무가 휘어지지 않고 똑바로 자랄 수 있는 것은
줄기의 중간중간을 끊어주는 시련이라는 마디가 있기 때문입니다.
〈정호승〉

💡 성(誠)과 인(仁)의 경지를 내가 어찌 감히 바라겠습니까?
그러나 그것을 실천함에 있어서 싫증 내지 않고,
그것을 주변에 가르치는 데 있어서 게으르지 않는 것은
내가 그래도 좀 한다고 말할 수 있을 것입니다. 〈공자〉

우리는 모두 인생 고시생입니다. 〈고생과 시련〉을 떠안고 살아 가지요.

너도 고시생, 나도 고시생. 고시가 끝나면 죽음이 찾아옵니다.

그러므로 살아 있을 때, 우리는 고시를 사랑하고 고시생을 사랑할 수밖에 없습니다.

💡 만일 남이 나를 정중히 대해줄 것을 바란다면,
내가 남을 정중하게 대하면 될 뿐입니다. 〈명심보감〉

💡 천하에 금기가 많아지면 백성들은 더욱 가난해지고,
백성들이 문명의 이기를 많이 가질수록 나라는 더욱 어두워지고,
사람들이 기교를 많이 쏠수록 이상한 물건들이 더욱 생기고,
법령이 많이 드러날수록 도적들이 많이 생겨납니다. 〈도덕경〉

〈지금 여기〉가 삶의 모든 것입니다.

무한한 시간도 지금 이 순간 속에 있고, 무량한 공간도 지금 여기에 있습니다.

💡 마음에 물욕이 없으면, 이는 곧 맑게 갠 가을 하늘이나 잔잔한 바다와 같습니다.
앉은 자리에 거문고와 책이 있으면, 그곳이 바로 신선이 사는 곳이 됩니다. 〈채근담〉

〈사랑의 샘〉은 쓰지 않으면 금방 말라 버립니다.
사랑을 못 하는 사람은 사랑을 주어보지 못한 사람입니다.
벗님이시여, 우리 사랑합시다.
사랑은 주는 것이고 행복은 그 사랑을 받는 것입니다.
생애가 이슥하도록, 사랑을 주고 행복을 되받음이 어떠할까요?

💡 한 가지 일을 경험하지 않으면 한 가지 지혜를 펼치지 못합니다.
〈명심보감〉

언제나 흐르는 물의 모습을 보여주는 그대에게 찬사와 존경을 바칩니다.
끊임없음과 변화와 새로움에다가 영민함과 부지런까지,
계곡물처럼 영롱함을 쉼 없이 흘려보내는 그대를 사랑합니다.
나 아닌 나와 같은 모든 것을 사랑합니다.

💡 사랑은, 생명 깊은 곳에 있는 진실이며 선이며 아름다움입니다.

💡 나이가 40살(인생의 절정. 현대는 60살쯤)이 되어 남들에게 미움의 대상이라면, 그것은 이미 끝난 것입니다. 〈공자〉

햇빛은 긍정의 마음 밭입니다. 긍정의 마음이 바로 태양입니다.
벗님이시여, 긍정의 문을 활짝 열고 날마다 자체 발광하소서!

💡 그리움과 열정이 나를 이끄는 한, 나는 언제나 청춘이라고 믿습니다.

💡 매일 새벽마다 마당을 쓸며 나를 찾았습니다. 〈정약용〉

💡 군자의 마음은 하늘처럼 푸르고 대낮처럼 밝습니다.
남이 이를 알지 못하게 해서는 안 됩니다.
군자의 재능은 주옥처럼 깊이 감추어져 있습니다.
남이 이를 쉽게 알도록 해서는 안 됩니다. 〈채근담〉

💡 비구여, 이 배의 물을 퍼내십시오,
물을 퍼내면 쉽게 나갈 것이니,
애욕과 미움을 끊어버리면,
그로써 마음의 고요함에 이를 것입니다. 〈법구경〉

백인들은 햇빛에 굶주린 사람들입니다.

부족한 멜라닌 색소를 얻으려고 툭하면 벗고 설칩니다.

햇빛만 있으면 공원이고 바닷가고 가리지 않고 홀러덩 벗어 버립니다.

이것은 원시인의 본능과 같습니다.

💡 먼 곳에 있는 물로는 가까이 있는 불을 끌 수 없고,
　 먼 곳에 있는 친척은 가까운 이웃만 못합니다. 〈명심보감〉

💡 승리했다면 겸손해하고, 졌다면 휴식을 취하십시오.
　 승패 자체보다는 결과 이후의 태도가 더 중요합니다.
　 왜냐하면 승패의 순간은 찰나이고, 그 후의 인생길은 매우 길기 때문입니다.

인연이란 작은 우연에서 시작합니다.

부부로 짝 지워진다는 것은 사람의 인연 중에서도 가장 큰 인연입니다.

그래서 남녀의 그 만남은 '운명'이라는 말로 표현되기도 하지요.

💡 세월이 추워진 후에야 소나무와 잣나무가 늦게 시드는 나무임을 알
　 수 있습니다. 〈공자〉

💡 하루하루를 연약하게 지탱하는 것 같아도 한 사람이 일생을 살아낸

다는 것은 어마어마하게 큰일입니다.

💡 천지의 기운이 따뜻하면 만물이 생장하고, 차면 시들어 죽습니다.
착한 사람은 그를 좋아하고, 나쁜 사람은 그를 미워하는 것이 진정
훌륭한 사람입니다. 〈공자〉

💡 좋은 밭이 일만 이랑이 있어도, 하찮은 재주를 제 몸에 지니는 것만
못합니다. 〈명심보감〉

오늘 이 하루는 선물입니다.
우리는 하늘로부터 노상 선물을 받으며 살아갑니다.
하루가 감사하면 하루가 행복하고, 일생이 감사하면 일생이 행복합
니다.

💡 "감사의 분량이 행복의 분량이다." 〈타고르〉
일상에서 행복을 연습한다는 건, 감사의 분량을 조금씩 늘려가는 것
입니다.

진정 사랑한다는 것은, 그 사람의 삶 전체를 받아들이는 것입니다.
그 사람의 역사와 풍습과 기호와 일상을 사랑스레 껴안는 거지요.
이 정도는 돼야 사랑이라고 할 수 있어요.
사랑이란, 본인의 작은 가슴에 그 사람의 우주 전체를 받아들이는

기적 같은 일입니다.

💡 인생은 자전거를 타는 것과 같습니다. 균형을 잡으려면 움직여야 합
니다. 〈아인슈타인〉

💡 만일 착한 일을 하거든 거듭하십시오.
이것을 즐겨 행할지니, 착한 것이 쌓이면 즐거움이 됩니다. 〈법구경〉

세상을 살면서 가장 중요한 일은 〈나 자신이 먼저 좋은 사람이 되
는 일〉입니다.
스스로 좋은 사람이 되고 보면, 저절로 좋은 형제자매가 되고, 좋은
배우자가 되고, 좋은 부모가 되고, 좋은 직장 동료가 되고, 좋은 벗이
되고, 좋은 시민이 됩니다.
왜냐고요? 하하하 우리의 정체성이 어디까지나 '사람'이니까 그런
거예요.

💡 높은 자리에 있을 때도 자연에 묻혀 사는 정취가 없어서는 안 됩니
다.
재야에 있을 때 역시 반드시 치국의 경륜을 품고 있어야 합니다.
〈채근담〉

💡 약자를 누르는 편에 가담하는 게

인생에서 가장 비열하고 천박한 일입니다.

💡 인간의 위대성을 나타내는 나의 공식은 운명애(運命愛)입니다.

(인생에서)

필연적인 것은 감내하고 사랑해야 합니다. 〈프리드리히 니체〉

💡 비 끝에 신록이 곱습니다.

햇살은 정겹고 사랑스러우며, 세상은 넘치는 희열로 다시 들끓습니다.

담장 위 장미꽃이 어제보다 더욱 붉어졌군요.

사랑하는 당신을 본 듯 매우 기쁩니다.

💡 큰 부자는 하늘에 달려 있고, 작은 부자는 부지런함에 달려 있습니다.

〈명심보감〉

💡 오늘이 가장 완전합니다. 오늘이 영원입니다.

지금 이대로가 영원입니다.

놀랍게도 우리는 영원히 오늘을 삽니다.

부부가 50년을 같이 살다 보면 변태 부부가 됩니다.

남자와 여자가 구별이 안 됩니다. 남자가 여자 되고 여자가 남자가 돼요.

성 역할을 바꾸어서 삽니다.

남자는 여생(餘生)을 살고, 여자는 남은 생을 살지요.

찰나의 지혜

오늘이 당신의 마지막 날이라고
생각하십시오.
그리고 오늘이 당신의 첫 번째 날이라고
생각하십시오.

〈탈무드〉

문학(文學)은 영어로 '리터러처(Literature)'라고 합니다. 아니 정확하게는 영어 'Literature'를 근대 개념어로 '문학'이라고 옮긴 거죠. 19세기에 일본학자(西周 니시 아마네 : 철학, 과학, 문학 등 근대 용어 번역 유통)가 처음 그렇게 했어요. 그런데 조선 시대에 '문학'은 곧 '학문(學問)'이었습니다. 배움이었고 공부였고 지식이었고 수양이었죠. 까닭에 '문학'은 지금 우리에게 매우 지체 높고 고급스러운 지식 예술로 인식되고 있지요. 아닌 게 아니라 일반인들에게 문학 영역은 시인, 작가 등 글쓰기 전문가만이 다룰 수 있는 고급 분야로 통합니다. 그러나 '문학'의 영어 원어 '리터러처(literature)'는 본디 '문자의, 문자로 기록한'의 뜻입니다. 특별히 별스러운 뜻(있다고 하면 '글 철학')이 들어 있지 않아요. 한마디로 말해서 언어로 하는 모든 창조적 활동이 '문학'의 범주에 들어갑니다.

복잡하게 얽혀 있는 생태계 그물의 한 코를,
한 땀 한 땀 엮어가는 게 우리의 일상이지요.
생태계 먹이 사슬의 최상층부를, 겸손하고 품위 있게 지켜가자고,
동료 인간들에게 간절히 호소하고 싶습니다.
사람들이여, 제발 덕분에 사람의 품위를 지키고 사람답게 삽시다.

💡 병은 사람이 보지 못하는 곳에서 생기지만,
반드시 누구나 볼 수 있는 곳에 증세를 드러냅니다. 〈채근담〉

💡 성실은 일의 시작이자 끝입니다.

성실하지 않으면 일이 없는 것과 마찬가지입니다. 〈중용〉

💡 옳은 일을 바로 행할 뿐 이득을 도모하지 않으며,
도리를 밝힐 뿐 공명을 계산하지 않습니다. 〈퇴계〉

상대에게 듣고 싶은 말이 있으면, 먼저 그 말을 하면 됩니다.
받고 싶은 게 있으면, 먼저 그것을 주면 되듯이.
사랑받고 싶으면 먼저 사랑을 주십시오.
인정받고 싶으면 먼저 상대를 인정해 주십시오.
주는 만큼 받는 게 세상 이치입니다.

💡 오늘이 당신의 마지막 날이라고 생각하십시오.
그리고 오늘이 당신의 첫 번째 날이라고 생각하십시오. 〈탈무드〉

💡 모든 사람은 만났다가 떠납니다. (會者定離 회자정리)
미련을 남기는 이별은 상처이지만,
그리움을 남기는 이별은 보석입니다.

💡 군자는 의(義)를 바탕으로 삼고, 예(禮)를 실천하고, 겸손으로 상대를
대하고, 믿음으로 일을 성사시키니, 이런 사람이 군자입니다. 〈공자〉

꿈은 애인과 같아요. 사랑스럽고 소중합니다.

그러나 꿈을 한곳에 모셔 두면 안 돼요. 자주 만나서 한 번씩 어루만져 주어야 합니다.

지금 잘 있느냐고, 나를 기다려 주었냐고, 내가 보고 싶었냐고, 다정한 얼굴로 다정히 한 번씩 물어보아야 합니다. 그럴 때 애인의 환한 미소가 내 가슴을 뛰게 합니다.

아아 꿈이 있어 하루가 행복합니다. 꿈이 있다는 것만으로 인생은 자못 풍요로워집니다.

생각은 자석입니다.

필요한 것을 끌어와요. 필요 없는 것은 내버려 두죠.

까닭에 평소에 어떤 생각을 가지고 사느냐가 정말 중요합니다.

삶의 선택과 집중이 바로 이곳에서 이루어지기 때문입니다.

💡 밭을 아무리 갈아도 굶주릴 수 있으나, 배움은 그 가운데 행복이 있습니다.

군자는 도(道)를 근심하지, 가난을 근심하지 않습니다. 〈공자〉

💡 1년을 두고 보려거든 꽃을 심고,

10년을 두고 보려거든 나무를 심고,

평생을 두고 보려거든 사람을 심으십시오.

💡 담박한 선비는 반드시 사치스러운 자의 의심을 받고,

검소하고 삼가는 사람은 대개 방종한 자의 배척 대상이 됩니다.
군자는 이런 상황에 처할지라도 기왕의 지조를 바꿔서도 안 되지만,
서슬을 함부로 드러내서도 안 됩니다. 〈채근담〉

💡 씨앗은 썩어야 비로소 진짜 씨앗이 됩니다.
씨앗이 썩으면 화학 변화가 일어나는데,
이렇게 해서 한 톨의 종자가 뿌리가 되고 줄기가 되고 이파리가 됩니다.

한 달이라는 시한부 생을 살기 위해, 7년이라는 세월을 땅속에서 견디는 매미가 경이롭습니다. 매미 신이시여, 우화등선의 날개를 우리에게도 선사해 주소서.

💡 세상을 천국으로 만들겠다고 나서는 사람들 때문에
오히려 세상이 지옥으로 변합니다. 〈하이에크〉

💡 물결은 정지하기 위해 출렁이며, 바람은 돌아오기 위해 지나갑니다.

💡 옛 친구를 만나면 우정을 더욱 새롭게 합니다.
비밀스러운 일에 처하면 떳떳이 마음을 더욱 분명히 합니다.
불우한 사람을 대하면 더욱 정중하게 예우를 다합니다. 〈채근담〉

💡 만족할 줄 알면 즐거울 것이고, 탐욕에 힘쓰면 근심하게 됩니다.

💡 일신으로 비켜서서 칼 노래 한 곡조를 시호시호 불러내니
 용천검 날랜 칼은 일월을 희롱하고 게으른 무수장삼 우주에 덮여 있
 네. 〈용담유사〉

미꾸라지를 키울 때, 천적인 메기를 함께 키우면 좋다고 합니다.
 비유한다면 메기는 곤란이나 스트레스를 뜻하는데, 고통이나 불편
함 없이는 진정한 행복도 평화로움도 없다는 의미가 아닐까요?

진정 살아있는 것은 아이들입니다.
 자란다는 것과 부드럽다는 것의 의미를 가장 잘 보여주는 존재가
아이들이니까요.
 아이들은 날마다 새롭습니다.

어제는 지나갔기 때문에 좋고, 오늘은 지금 살아 있어서 좋고,
 내일은 기다릴 수 있어 좋고 또 무엇이든 새롭게 할 수 있어 좋습니다.

💡 일이 뜻대로 되지 않을 경우에는 문제를 자기 자신에게서 살피는 것
 이 군자의 자세로, 모름지기 모든 일에서 스스로 반성하고 자신을
 더욱 닦아나가는 것이 남들의 비방에 대응하는 요점입니다. 〈퇴계〉

신을 창조하고 신을 표현하는 것, 이것이 예술이 아닐까요?

스스로 신이 되지 못하는 예술가는 진정한 예술가가 아닙니다.

유럽이 독식하다시피 하는 역대 노벨문학상 수상자는 시인 소설가는 말할 것도 없고 역사책을 쓴 학자(독일 몸젠/역사 철학), 대중가요를 작사하고 노래한 가수(미국 밥 딜런/음악 철학), 직접 철학책을 쓴 수학자(영국 버트런드 러셀/논리 철학), 새로운 철학의 선구자(프랑스 앙리 베르그송/도덕 철학), 전쟁회고록을 쓴 정치가(영국 윈스턴 처칠/정치 철학) 등등 소위 비 문학인들이 밤하늘의 별처럼 숱하게 많습니다. 인류 문명과 인간 운명의 파노라마 역동성에 주목하고 그곳에서 소쿠라지는 인간성의 근원과 삶의 진실을 찾는 노력이 슬기로운 문자 생활(글 철학)로 빛을 발할 때, 그것이 바로 '문학'이 되고 '철학'이 되고 '역사'가 되고 '인문학'이 되었던 것이죠.

💡 **인정은 자주 바뀌고 인생길은 험난합니다.**
가려고 해도 갈 수 없을 때는, 모름지기 뒤로 한 걸음 물러설 줄 알아야 합니다.
가고자 하는 바대로 갈 수 있을 때는, 공덕의 3할을 남에게 양보하는 일에 힘써야 합니다. 〈채근담〉

💡 **사랑[仁]이 없는 사람은 오랫동안 힘든 상황을 견뎌내기 어려울 것이며, 또한 오랫동안 즐거움을 유지하기도 어려울 것입니다.**
사랑이 있는 사람은 사랑을 실천하는 가운데 삶이 행복해지고,

지혜로운 사람은 사랑을 실천하는 것이 이익이라고 생각합니다. 〈공자〉

책은 정신의 주식이지 간식이 아닙니다. 정신을 살찌우는 데는 책만 한 게 없습니다.

책은 정신의 밥입니다. 틈나는 대로 책을 먹읍시다. 영혼이 허기지지 않도록.

💡 내게 즐거움이 있으면 형제가 또한 즐겁습니다. 〈사자소학〉

💡 마음과 만나지 못하면 보고도 만난 게 아니요,
　　헤어지고도 잊지 못하면 이별한 게 아니겠지요.

💡 용담의 물이 흘러서 사해의 근원이 되고,
　　구미산에 봄이 돌아오니 온 세상이 꽃이로다. 〈동경대전〉

💡 진리를 말하고 거짓을 폭로하는 것이야말로 지식인의 책임입니다.
　　〈놈 촘스키〉

💡 오만한 강제 수단을 동원할 때보다 부드러운 태도를 유지할 때,
　　상대방 역시 부드러운 태도를 유지할 것입니다. 〈셰익스피어〉

💡 이익을 좇는 자는 도의를 벗어나고

그 움직임이 겉으로 드러나는 까닭에 그 해독이 얕습니다.

명성을 좋는 자는 도의 안에 숨고

그 움직임이 겉으로 드러나지 않는 까닭에 그 해독이 매우 깊습니다. 〈채근담〉

💡 오늘이 아무리 괴로워도 그 이유가 분명하다면, 그것은 성숙한 깨달음이 됩니다.

💡 부귀는 나에게 뜬구름과도 같은 것

어쩌다 얻은 것이지 구한 것은 아니라네. 〈퇴계〉

다이아몬드는 3550도의 고열에 흔적도 없이 사라집니다.

남는 것은 탄산가스 한 오리뿐. 조건이 달라지면, 원형의 값어치가 천양지차로 달라집니다.

자신을 언제라도 잘 버리는 게 중요합니다.

인생의 승부처는 언제든 열려 있으니까요.

💡 나는 〈바가바드 기타〉에서 위안을 얻었습니다... 의심이 나를 괴롭힐 때, 실망이 내 얼굴을 응시할 때, 지평선 너머 한 줄기 빛도 보이지 않을 때면 나는 〈바가바드 기타〉를 펼치고 위로를 주는 구절을 찾습니다. 그러면 즉시 버텨내기 힘든 슬픔의 한가운데서 미소를 짓게 됩니다. 내 삶이 외부의 비극으로 가득 찼지만 내게 어떤 가시적이고

지워지지 않는 흉터를 남기지 않았다면, 그것은 온전히 〈바가바드 기타〉의 가르침 덕분입니다. 〈마하트마 간디〉

인격은 세포에 스며든 혼과 같습니다.

그러므로 사람은 어려서부터 잘 가르쳐야 해요. 몸속에 혼을 새겨야 하니까요.

집이나 학교에서 예절 교육과 인성 교육이, 그토록 중요한 까닭이 여기 있습니다.

남에게 받은 은혜는 비록 그것이 클지라도 갚을 생각을 하지 않으면서, 원한은 아무리 작을지라도 이를 갚으려 합니다. 의당 엄숙히 경계할 일입니다. 〈채근담〉

부끄러움을 모르는 사람이 소인입니다.

소인불치(小人不恥) - 주역에 나오는 말입니다.

그리고 보면 현대는 소인배 전성시대라 할 만합니다.

그놈의 돈 때문에 이익 때문에 염치가 다 무너져 버렸습니다.

돈 중심(자본주의) 사회에서 사람들이 애오라지 돈을 우러르며 돈을 쫓아갑니다.

사람들이 모두 돈에 미쳤습니다.

차라리 모두가 도(道)에 미치면 오죽 좋으련만...

💡 하루 동안 맑고 한가로우면, 하루 동안 신선이 된 것입니다. 〈명심보감〉

💡 운동은 최고의 보약이고,
　평온한 하루는 날마다 받는 최고의 밥상입니다.

💡 천리마는 힘 때문에 천리마라고 부르는 게 아니라,
　천 리를 달릴 수 있는 능력이 있어서 천리마라고 하는 것입니다. 〈공자〉

💡 물고기를 잡기 위해 쳐놓은 그물에 물고기를 쫓던 기러기가 걸리고,
　사마귀가 정신없이 먹이를 노리는 그 뒤를 참새가 노리고 있습니다.
　기틀 속에 또 기틀이 내장되어 있고, 이변 밖에 또 다른 이변이 생기
　는 이유입니다.
　그러니 어찌 사람의 지혜와 기교를 족히 믿을 수 있겠습니까? 〈채근담〉

💡 나무가 먹줄을 따르면 곧아지고,
　사람이 간언(諫言)을 받아들이면 성스러워집니다. 〈공자〉

　고수는 상처가 많습니다.
　생활의 갈피 갈피에서 상처 입는 사람들이 각일각 많아지는 세상입
니다.
　그러나 진정한 고수는 상처 속에서 여물어갑니다.
　어두움이 두터워지면 스스로 빛이 되나니, 궁함의 끝자락에 닿은

사람들은 곧 새로운 변화와 마주칠 것입니다. 마음이 먼저 있어 모든 것이 이루어집니다.

새날은 아직 시작되지 않았습니다.

💡 **세상을 살면서 공만 세우려 하지 마십시오. 허물이 없는 것 자체가 공입니다.**
남에게 베풀 때 상대방의 감지덕지를 바라지 마십시오.
원망이 없는 것 자체가 덕입니다. 〈채근담〉

생활 속 작은 즐거움들이 인생에서 누리는 가장 큰 행복입니다.
작은 즐거움들이 바로 행복의 실체입니다.

지식이 지구라면 지혜는 우주입니다.
지식 천억 개가 모여 지혜 하나가 될까 말까입니다.
그래도 지식이라는 깃털을 모으면 지혜라는 날개가 생길 수도 있습니다.
공부는 일단 열심히 하는 게 좋습니다.

지식은 누구나 먹을 수 있는 열매이지만, 지혜는 스스로 심어서 키워야 하는 나무입니다.
좋은 나무는 시간이 오래 걸립니다. 지식은 머리로 기억하지만 지혜는 몸으로 기억합니다. 자전거를 타는 하루는 행복합니다.

지식은 즉석식품이고 지혜는 발효 식품으로 오래 곰삭아야 몸에 좋습니다.

지식은 순간적인 오로라이고 지혜는 늘 빛나는 태양입니다.

지식이 미국 쇠고기라면 지혜는 한우 꽃등심입니다.

누구나 먹지만 또 아무나 먹지 못합니다.

지식은 남의 것을 내 것으로 만드는 것이고 지혜는 스스로 터득하는 것입니다.

그러나 남의 것으로 가끔 부자가 되기도 합니다.

꽃은 언제나 필동 말동 오호라 지혜라는 악기로 삶을 연주하십시오. 〈지혜라는 악기로 삶을 연주하라〉

세상의 극히 미세한 부분이 우주의 넓이라면, 삶의 미묘한 차이는 우주의 깊이로 생각이 이곳에 이르면, 사람들은 제각기 다른 세계를 살고 있음을 알아챕니다.

결국 어떤 누구도 자기의 우주를 유영할 뿐, 다른 세계를 간섭하거나 침범할 수 없습니다.

이 점이 바로 우리가 언제 어느 곳에서나 제 인생의 주인공으로 살아가야 하는 까닭입니다.

💡 **매사에 유사시를 대비해 근심하며 부지런히 움직이는 것은 미덕입니다. 그러나 지나치게 심신을 괴롭히면 본연의 성정을 기쁘게 만들 수가**

없습니다.

담담하며 고요한 자세를 견지하는 것은 고아한 모습입니다.

그러나 지나치게 세상사에 무관심한 모습을 보이면,

유사시 사람을 구제하고 사물을 이롭게 할 수가 없습니다. 〈채근담〉

💡 배우는 삶이 행복합니다. 배운다는 것은 꿈이 있다는 것이지요.

우리가 더는 꿈꾸지 않을 때 배움의 길은 끊어집니다.

생이 이슥하도록 배움의 길을 걷고 또 걷는 게 좋습니다.

그 길은 꿈을 안고 떠나는 길입니다.

💡 차라리 소인의 시기와 훼방을 받을지언정, 그들의 아첨과 칭송 대상이 되지 마십시오.

차라리 군자의 꾸짖음과 교정 대상이 될지언정, 그들의 관용 대상이 되지 마십시오. 〈채근담〉

당연하다고 생각하는 마음을 버려야 합니다.

생각하면 세상은 고맙기 그지없는 것들로 가득합니다.

특히 옆에 있는 배우자를 잘 대하고 잘 챙기십시오.

배우자는 같이 밥 먹고, 잠자고, 대화하고, 고민하고, 장 보고, 산책하고, 참으로 고맙고도 소중한 사람입니다.

인생의 희로애락 대부분은, 놀랍게도 배우자에게서 나오는 것이 틀림없습니다.

한마디 말로 천 냥 빚을 갚는다고 했습니다. 지금이 바로 그때입니다.

고맙다고, 사랑한다고, 지금 모든 게 당신 덕분이라고 말해 주세요.

💡 고락을 모두 연마하고 그 연마가 극에 달한 후에 이룬 복이라야 그 복이 오래갑니다.
의심과 믿음을 모두 자세히 조사하고 그 조사가 극에 달한 후에 이룬 지식이라야 그 지식이 참됩니다. 〈채근담〉

💡 시인은 그리움으로 밥을 짓는 사람입니다.
반찬은 애환의 된장국 하나.

💡 일이 뜻대로 되지 않을 경우에는, 문제를 자신에게서 살피는 것이 군자의 자세입니다.
모든 일에서 모름지기 스스로 반성하고 자신을 더욱 닦아나가는 것이, 남들의 비방에 대응하는 요점입니다. 〈퇴계〉

단점은 눈에 잘 띄어 사람을 대충 알게 되더라도 단점은 쉬 찾아집니다.
이에 비해 사람의 장점은 관심을 갖고 애쓰지 않으면, 눈에 잘 드러나지 않습니다.

그래서 대개 육안은 단점을 보고 심안은 장점을 봅니다.

남의 장점을 잘 발견하고 제때 칭찬하는 긍정의 눈을 가진 사람은, 심안을 깨친 사람입니다. 그는 감수성이 풍부하며 매우 창의적인 사람이지요.

그는 행복하게 살 줄 아는 사람입니다.

스스로 행복한 사람이 다른 이를 쉬 행복하게 만들어주는 것임은 물론입니다.

💡 **일이 막히고 궁지에 빠진 자는 응당 초심을 되돌아보아야 합니다. 공을 세워서 하는 일이 만족스럽게 풀리는 자는 응당 말로를 내다보아야 합니다.** 〈채근담〉

💡 **비난만 받는 사람, 칭찬만 받는 사람은 과거에도 없었고 미래에도 없을 것이며 현재에도 또한 있지 않습니다.** 〈법구경〉

영원한 삶은 없습니다. 매 순간 충실하면 됩니다.

다만 하루하루 자기 성찰의 짧은 시간이, 우리 삶의 고귀함과 아름다움을 결정지을 테죠.

💡 **마음이 몸보다 훨씬 더 빠릅니다. 가능하다고 믿는 것만으로도 그것은 이미 성취된 것입니다.**

💡 군자는 마음이 평온하며 넓고 여유롭습니다.
　소인은 늘 근심으로 가득합니다. 〈공자〉

　기회는 위기 속에서 찾아야 진정 값어치가 있습니다. 성공 가능성도 훨씬 높습니다.
　왜냐하면 이때는 경쟁자도 적을뿐더러, 가능성이 단 1%라도 그것이 곧 절호의 기회가 되기 때문입니다.

💡 남을 꾸짖을 때는 허물 속에서 허물없음을 찾아내십시오.
　그러면 자신의 심경이 크게 평온해질 것입니다.
　스스로를 꾸짖을 때는 허물이 없는 속에서 허물을 찾아내십시오.
　그러면 자신의 덕이 크게 나아질 것입니다. 〈채근담〉

💡 군자는 타인의 장점을 강화하고, 타인의 단점을 소멸시킵니다.
　소인은 이와 반대입니다. 〈공자〉

　〈주변 문화의 경직화 현상〉이라는 게 있습니다.
　소도시 젊은 세대들이 유행에 더 민감하게 반응함을 설명하는 개념입니다.
　주변국이 강대국을 무턱대고 숭배하며 모방하는 것을 학문적으로 정리하는 것이기도 합니다.
　문제는, 이것이 새 문화를 창의적으로 수용하는 게 아니라 무조건 따라 한다는 것이죠.

한국 사회에 만연한 종교를 비롯한 〈서구 문명 숭배 현상〉이 모두 여기에 해당이 됩니다.

💡 분수에 넘치는 생각은 한갓 정신을 상하게 하고,
　함부로 한 행동은 도리어 재앙만 부릅니다. 〈명심보감〉

💡 시를 쓰는 것은, 한 사람 한 사람의 가슴에 등불을 달아준다는 심정
　으로 정성을 다하는 것입니다. 〈정완영〉

💡 군자는 다름을 인정하고 화합을 추구하는 사람이며, 같음을 강요하
　지 않습니다.
　반면 소인들은 같음만을 추구하고, 다름의 화합을 인정하지 않습니
　다. 〈공자〉

기쁨이 많은 사람은 인생을 놀이로 살고, 슬픔이 많은 사람은 인생을 예술로 삽니다.

이러매 사람은 누구나 '놀이 반, 예술 반'의 삶을 살고 싶어 합니다.

💡 사람은 모름지기 구름이 멈추고 물속이 고요한 운지수중(雲止水中)
　의 상태에서 솔개가 날고 물고기가 뛰노는 연비어약(鳶飛漁躍/비약)
　의 기상이 있어야 합니다.

도(道)를 깨우친 자의 심신이 바로 이와 같습니다. 〈채근담〉

진짜 멋진 사람은,

강자한테는 강하고 약자한테는 약한 사람입니다.

이런 사람이 정의로운 사람이고 진정한 지도자입니다.

반면에 진짜 못난 사람은, 강자한테는 약하고 약자한테는 강한 사람입니다.

한마디로 권위주의 인간이죠.

권위주의 인물은 대체로 독재를 추종하는 불의한 사람이며, 게다가 민족정기 반역자이며,

상식과 공정을 왜곡하는 파렴치한이라고 명토 박고 싶습니다.

💡 군자는 힘들 때 오히려 마음이 더욱 단단해집니다.

그러나 소인은 힘들면 바로 함부로 행동합니다. 〈공자〉

💡 부귀할 때 응당 가난함에 따른 고통을 알아야 하고,

젊고 건장할 때 모름지기 노쇠에 따른 괴로움을 생각해야 합니다.

〈채근담〉

💡 서정은 마음의 반짝임입니다.

최고의 서정은 삼매경입니다.

자신이 좋아하는 일에 집중하는 게 좋습니다.

마음이 노상 반짝일 테죠. 그때의 물아일체 황홀경을 누가 알까요.

💡 **정치는 바르게 하는 것입니다.** (政者正也 정자정야)
당신이 바름으로 솔선수범한다면 누가 감히 바르지 않겠습니까? 〈공자〉

우리가 잃어버린 소중한 것들이, 아이들에게 고스란히 남아 있습니다.

아아 아이들을 어른의 아버지라고 하는 까닭을 알 것 같습니다.

아이들은 미래이면서 또 아득한 과거이기도 하니까요.

💡 **소년은 어른의 싹이고 학생은 사대부의 싹입니다.**
도자기와 주물을 만들 때처럼 화력이 모자라고 단련이 서투르면,
훗날 세상에 나아가거나 조정에 섰을 때 마침내 훌륭한 그릇이 되기
어렵습니다. 〈채근담〉

💡 **자만하면 손해를 부르고, 겸손하면 이익을 받게 됩니다.** 〈서경〉

우리는 편안함과 행복을 추구하지만, 그 마음의 상태가 지속되면,
금방 무감각해지고 주변 이웃을 가맣게 잊어버립니다.

모름지기 인간은 적당하게 아픔과 고난이 있어야 행복할 수 있습니다.

💡 **글쓰기는, 누구에게도 할 수 없는 말을**

아무에게도 하지 않으면서 동시에 모두에게 하는 행위입니다. 〈레베카 솔닛〉

하루를 사는 것은 일생을 짧게 한번 사는 것과 같습니다.
저녁 어스름에 동네 산을 한 바퀴 돌면서 얻은 생각입니다.
하루하루가 일생입니다.

💡 **임금은 임금답게 하고, 신하는 신하답게 하고,**
부모는 부모답게 하고. 자식은 자식답게 하는 것이 정치입니다. 〈공자〉

💡 **운동은 몸의 양식이고, 예술은 마음의 양식입니다.**

물은 혼자서는 흘러갈 수 없으며, 물방울은 서로 만나기를 원합니다.
마치 사람들이 그렇듯 남자와 여자가 그런 것처럼.

💡 **총명하고 생각이 밝아도 우직함으로써 그것을 지키고,**
공로가 천하를 덮을 만하더라도 양보함으로써 그것을 지키십시오.
〈공자〉

💡 **얼음장 밑에서도 고기는 헤엄을 치고**
눈보라 속에서도 매화는 꽃망울을 튼다.

절망 속에서도 삶의 끈기는 희망을 찾고
사막의 고통 속에서도 인간은 오아시스의 그늘을 찾는다.

눈 덮인 겨울의 밭고랑에서도 보리는 뿌리를 뻗고
마늘은 빙점에서도 그 매운 향기를 지닌다.
절망은 희망의 어머니, 고통은 행복의 스승
시련 없이 성취는 오지 않고
단련 없이 명검은 날이 서지 않는다.

꿈꾸는 자여 어둠 속에서
멀리 반짝이는 별빛을 따라 긴 고행길 멈추지 말라
인생 항로 파도는 높고 폭풍우 몰아쳐 배는 흔들려도
한고비 지나면 구름 뒤 태양은 다시 뜨고
고요한 뱃길 순항의 내일이 꼭 찾아온다. 〈희망가 - 문병란〉

책을 읽지 않는 사람이 위험한 게 아니라, 한 권의 책만 읽은 사람이 위험합니다.

하나의 종교, 하나의 진영에 매달리는 사람이 한 권의 책만 읽는 사람들입니다.

💡 사람의 얼굴은 하나의 풍경이며 한 권의 책입니다.
얼굴은 결코 거짓말을 하지 않습니다. 〈발자크〉

💡 **은혜를 베풀었으면 보답을 구하지 말고,**
  남에게 주었거든 준 것을 뉘우치지 마십시오. 〈명심보감〉

하찮은 것에도 감동할 줄 아는 사람들이야말로,
진정 행복을 창조하는 사람들입니다.
이런 점에서 남자와 어른은 불행하고, 여자와 아이들은 행복합
니다.
까닭에 자신이 여자가 아니라면, 어쨌든 아이처럼 살기 위해 더욱
노력해야 합니다.

💡 **군자의 덕은 바람이고, 소인의 덕은 풀과 같습니다.**
  풀 위에 바람이 불면 바람결 따라 풀은 눕게 되는 것입니다. 〈공자〉

💡 **배우고 때로 익히면 또한 기쁘지 아니한가!**
  (學而時習之 不亦說乎 학이시습지 불역열호) 〈공자〉

감성은 청춘의 샘터입니다.
감성이 메말랐다는 것은 청춘이 죽어 있다는 뜻.
그러므로 끊임없이 감성을 돋우어 나가는 게, 생의 청춘을 구가하
는 비결입니다.
감동이 많은 인생이 늘상 청춘이며 그게 행복한 인생임을 명심하십
시오.

💡 자기 성찰과 삶의 기록으로 벗님이시여, 시를 쓰십시오.

　빛나는 한순간을 기록으로 남기십시오.

　단 한 줄로 된 자신의 시(詩)를 매 하루 쓰십시오.

　모든 예술의 출발점은 시이며, 그 귀착점 역시 시가 아니던가요.

💡 모든 인연은 잘 쓰면 생기(生機), 잘못 쓰면 살기(殺機)로 작용합니다. 〈채근담〉

💡 큰 수레를 몰지 마라 / 스스로 먼지만 뒤집어쓰고 말 것을

　여러 가지 걱정 마라 / 스스로 병만 들게 될 것을 〈시경〉

부는 상대적인 개념입니다. 부와 가난은 비교에서 나옵니다.

　우리가 모두 1인당 100만 원을 갖고 있다면, 부가 생겨나지 않아요. 물론 가난도 없습니다.

　소유한 돈의 많고 적음이 부를 만들어내는 것입니다.

　그래서 부자가 된다는 건, 다른 말로 하면 다른 이를 가난하게 하는 것과 다르지 않습니다.

　생각이 여기에 이르면, 비교하지 않는 삶이야말로 정녕코 부자의 삶이며 행복한 삶이 아닐 수 없습니다.

💡 말을 진심과 믿음으로 하십시오. 행동을 독실과 공경으로 하십시오.

　〈공자〉

💡 작은 즐거움을 버리고 더 큰 즐거움을 얻을 수 있다면,
큰 즐거움을 바라고 작은 즐거움을 버려야 합니다. 〈법구경〉

💡 몸은 매이지 않은 배와 같습니다.
가고 멈추는 것을 흐름에 맡기면 됩니다. 〈채근담〉

나이를 잘 먹는 게 중요합니다.
그러자면 덜 먹고 적게 먹고 소식하는 게 좋습니다.
덧붙여, 공기를 잘 먹고 물을 잘 먹고 〈맘을 잘 먹고〉가 최고입
니다.

💡 이화에 월백하고 은한은 삼경인 제
일지춘심을 자규야 알랴마는
다정도 병인 양하여 잠 못 들어 하노라 〈이조년〉

💡 부귀한 자는 의당 너그럽고 후덕해야 합니다.
그럼에도 오히려 꺼리고 각박하게 굴면, 이는 겉만 부귀할 뿐 속은
빈천한 자의 행실과 같습니다. 그러고도 어찌 부귀를 계속 누릴 수
있겠습니까? 〈채근담〉

세상을 밝고 행복하게 만들려면, 자기 자신이 먼저 밝고 행복해야
합니다.

절망 속에서도 희망을 바라볼 수 있습니다.

지금의 상황이 고통스러워도 그것에 짓눌리면 안 됩니다.

고통은 전화위복의 씨앗이기에 고통 속에서 새 철학(정신의 깊이)이 싹을 틉니다.

어떠한 순간에도 자신을 소중히 여기십시오.

한 인간의 정신의 깊이는 오직 고통과 번뇌의 깊이입니다.

💡 **나이 든 분들은 편안하게 해주고, 벗님들과는 신뢰로 교류하고, 어린이들은 품어주며 살고 싶습니다. 〈공자〉**

일삼아 흐린 유리창을 응시하며, 눈빛을 맑게 닦아봅니다.

빗방울이 어깨동무하다가 떼구루루 굴러서 깜냥의 몸짓으로 짧은 순간을 예술로 살아내는군요. 빗방울이 하나하나 별 같고 꽃 같습니다.

종내 흔적 없이 사라지는 거라서 더욱 눈물겹습니다.

💡 **굼벵이는 더럽지만 매미로 변화해 가을바람의 맑은 이슬을 마십니다.**

썩은 풀은 빛이 없지만 반딧불로 변화해 여름밤을 환하게 밝힙니다.

실로 깨끗함은 늘 더러움 속에서 나오고, 밝음은 늘 어둠 속에서 나온다는 것을 알 수 있습니다. 〈채근담〉

하루에 한 번 명상하는 시간을 가지십시오.

명상은 자기 자신을 가장 솔직하고 가장 진실하게 만나는 시간입니다.

명상을 통해 사람은 내면이 깊어지고 거룩해집니다.

바쁨이 고자누룩해지며 정신이 맑아집니다.

명상이 바로 자신의 고결한 종교의식입니다.

💡 **다른 사람을 먼저 사랑하고 그 사랑하는 사람이**
다시 나를 사랑하면 성공한 삶이 될 것입니다. ⟨워렌 버핏⟩

💡 **부부는 인류의 시작이며 만복의 근원입니다.**
지극히 친하고 지극히 가깝지만, 또한 지극히 바르게 하고 지극히
삼가야 하는 관계입니다.
그러므로 '군자의 도는 부부에서 시작한다'고 말합니다. ⟨퇴계⟩

별은 멀어서 별입니다.

지금 내게 멀리 있는 것들은 모두 빛나는 별입니다.

내 사랑 그대여, 그대는 밤낮없이 내 가슴 속에 영롱한,

가장 소중한 나의 별입니다.

💡 **잘못을 지적하고 채찍질하는 사람은 재보를 알려주는 사람과 같으니,**
이러한 현명한 사람과 만난다면 좋은 일만 있고 나쁜 일은 없습니다. ⟨법구경⟩

💡 덕으로 인도하고 예로 통제하면,
   사람들이 부끄러움도 알고 선한 삶에 이르게 될 것입니다. 〈공자〉

💡 땅이 적당히 더러워야 뭇 생명이 자랍니다.
   물이 너무 맑으면 물고기가 늘 없습니다. 〈채근담〉

💡 삶은 행동의 연속입니다.
   하루 내내 시를 생각하는 것도 나의 독자적인 행동입니다.

인간성(성선/하늘마음)을 회복하는 것이, 학교 교육의 가장 큰 목표가 되어야 합니다.

돈 만능주의, 기계 전성시대인 오늘에 더욱 그렇죠.

인간다움의 기운이 나라 전체에 시냇물처럼 맑게 흘러야 합니다.

학원 등의 사교육은 지식 교육, 진학 교육에 매진하고, 제도권 공교육은 인성 교육, 인간교육을 오롯이 전담해야 합니다.

인성은 가르치고 배운다기보다 실천하고 반성하고 깨닫고 되먹임 하는 것으로, 사람 됨됨이 키우기가 교육의 핵이 되어야 합니다.

💡 어찌 알았으랴 백년토록 은거해 수양할 땅이
   평소에 나무하고 낚시하던 곁일 줄이야
   나를 보고 웃는 꽃 정이 가볍지 않고
   벗 찾으며 노래하는 새 의미가 깊네 〈퇴계〉

🖋 ⋯⋯⋯ 글로 빚은 꽃

육체가 그런 것처럼 마음도 한 번씩 잠을 자야 합니다.

그러다가 화들짝 마음의 잠에서 깨어나는 것—이것이 바로 깨달음입니다.

💡 **베푸는 사람이 자신의 덕을 내세우고, 받는 사람이 보답해야 할 은혜로 생각하면 이는 길을 오가다 만난 사람의 관계와 같습니다.**
그러면 문득 장사꾼처럼 되고 말 것입니다. 〈채근담〉

💡 **이리저리 왔다 갔다 하는 지식은 깨달음이 없습니다. 〈정조대왕〉**

프로와는 다른 아마추어의 장점이 있습니다.

계산되지 않은 솔직함과 무심한 기교는 프로가 주는 것 이상의 즐거움과 감동을 줍니다.

그것은 아이들에게서 가끔 받는 '깜짝 놀람'이라는 선물과도 같습니다.

그런 이유로 치열하고 진중한 프로보다 느슨하고 발랄한 아마추어가 더 좋습니다.

💡 **도(道)는 하나를 낳고, 하나는 둘을 낳고,**
둘은 셋을 낳고, 셋은 만물을 낳습니다. 〈도덕경〉

💡 **깨끗함이 있으면 반드시 더러움이 있어 서로 대비됩니다.**

스스로 깨끗함을 드러내지 않으면, 누가 나를 더럽다고 하겠습니까? 〈채근담〉

씨앗에 담은 우주

행동이 말하는 것과 같지 않으면,
또한 미덥지 못하다고 합니다.

〈사자소학〉

단군은 곧 땅 임금입니다. 명토 박아서, 단군은 하늘 임금이 아니라는 거죠. 우리 민족은 단군 시대에 이미 하늘과 땅을 엄격히 분리하여, 땅 위에는 곧장 인간의 역사가 전개되게끔 합니다. 신화시대 이전에, 그러니까 주술적 종교적 대상으로 광범위한 지지를 받아온 '하느님'은 땅 위의 나라에 간섭하지 못하게 되었던 거예요. 이것은 단군신화가 제작되던 시대 어름에, 이전의 하느님이 하늘 임금으로 변신한 것을 발 빠르게 이어받아서 그래요. 하늘의 천주[하느님/환인]가 땅 위의 천왕[환웅]이 된 것입니다. 이 같은 천지개벽의 발상 때문에 조선 땅은 첫걸음부터 역사 시대, 곧 인간 시대를 출범하게 되었어요(하늘나라는 하느님이 다스리고, 땅 나라는 단군이 다스림). 까닭에 우리 민족 배달겨레의 역사는 서양과 달리 종교 시대를 애초에 거치지 않습니다. 종교 이전의 주술, 즉 주문과 마술을 통일적으로 흡수한 지배 이론이 '종교'라는 형식으로 확립된다면, 이것은 순전히 서양의 경우이고 우리 역사에는 이것이 없습니다. 그것은 '절대성 원리'를 따르는 〈도그마 절대주의, 극단주의 사고 틀〉이 우리에게는 있지 않았기 때문이죠. 그러므로 단군신화가 확정된 이후로 몇천 년 동안의 세월에도 한국인의 문화에는 다양한 철학적, 주술적 신앙이 저마다 다양한 가치(유불선, 무속신앙 등)를 지닌 채 지속되어 왔던 것입니다.

💡 **내게 득이 되고 손해가 되는 것은, 오직 나에게 달려 있습니다.**
〈사자소학〉

💡 **물욕에 얽매여 기력이 소진하면 삶이 애달픈 것임을 깨닫게 됩니다. 참된 본성에 심신을 맡기면 삶이 즐거운 것임을 깨닫게 됩니다.**

〈채근담〉

청춘들이여, 급한 마음으로 직장을 구하는 일에 연연해 마십시오.

시간이 걸리더라도 자신이 잘하고 또 좋아하는 분야에 집중할 것을 권합니다.

모쪼록 평생의 직업을 구하는 일에 마음을 쏟기를 바랍니다.

직업은 생계 문제 해결이라는 기본 욕구의 해소 측면에서 중요하지만, 궁극적으로는 그 자체로 사회 발전에 이바지하며 자아실현의 통로가 된다는 점에서 더욱 소중하고 가치 있습니다. 이런 이유로 직장은 몇 차례 바뀔 수 있다 하더라도, 직업은 생애를 두고 하나로 일관하는 게 좋습니다.

💡 **삶은 하늘이 주신 것이고, 행복은 내가 만드는 것입니다.**

이웃집 꼬맹이 대추 서리 왔는데

늙은이 문 나서며 꼬맹이를 내쫓는구나.

꼬맹이 도리어 늙은이에게 던진 말

"내년 대추 익을 때까진 살지도 못할 거면서!"

〈대추 따는 노래-이달〉

💡 약자는 가공할 만한 힘을 가질 수 있습니다.
왜냐하면 그들은 한층 강렬하게 자신에 대해 표현할 수 있기 때문입니다. 〈타고르〉

💡 단순하게 사는 사람 중에 실수하는 사람이 드뭅니다. 〈공자〉

💡 사상은 신비의 씨앗입니다. 씨앗 한 톨로 세상을 바꿀 수도 있습니다.
멋진 사상 속에는 멋진 세상이 이미 꽃 대궐인 양 환합니다.

💡 매사에 다소의 여지를 남겨두십시오.
그러면 조물주가 나를 시기하지 못하고, 귀신도 나를 해하지 못할 것입니다. 〈채근담〉

💡 사랑의 느낌과 생각에 지금 온전히 충실할 것!
이것이야말로 행복의 현재성이자 영원성입니다.

💡 적을 잘 이기는 자(아는 자)는 맞서지 않습니다. 〈도덕경〉

💡 행동이 말하는 것과 같지 않으면, 또한 미덥지 못하다고 합니다.
〈사자소학〉

💡 한 줄기 등불이 반딧불처럼 깜박거리고,

온갖 만물의 소리가 고요해질 때, 사람들은 비로소 편히 쉽니다.
새벽의 꿈에서 막 깨어나 아직 만물의 움직임이 시작되지 않았을 때
사람들은 비로소 혼돈에서 벗어납니다. 〈채근담〉

괴테가 말한 것처럼
〈문학은 우리를 가르치는 것이 아니라, 우리를 변화시키는 것〉일
테죠.
단조로운 삶에 아리랑 곡선이 필요하다면, 문학 작품을 열심히 읽
으십시오.

💡 누구도 경멸해서는 안 됩니다.
모욕을 당했을 때 복수할 줄 모를 만큼 나약한 사람은 없기 때문입니
다. 〈이솝〉

💡 명리를 다툴 때는 남 앞에 서지 말고, 덕행을 다툴 때는 남에게 뒤지
지 마십시오.
남에게 받아서 누릴 때는 분수를 넘지 말고,
스스로 닦아 수행할 때는 제 분수에 움츠리지 말고 더 높은 곳을 지
향하십시오. 〈채근담〉

💡 인생을 고통스럽게 만드는 3가지가 있습니다.
첫째는 과거를 후회하는 것입니다.

소용없는 일에 매달리지 말아야 합니다.

둘째는 미래를 걱정하는 것입니다.

미리 하는 걱정이 스트레스의 정체입니다.

셋째는 현재를 비교하는 것입니다.

남과 비교하는 것은 자신의 존재감, 행복감을 떨어뜨립니다.

💡 물줄기가 압력을 받아서 익숙하지 않은 물길로 유입되었을 때에는 잠시 머뭇거리다가 적당한 때가 되었을 경우에는 다시 흘러가기 시작합니다.

처음에는 느릿느릿 가다가 그 후에는 예전의 기세를 회복하면서 흘러갑니다. 〈캐러스〉

스스로 반성하는 자는 만나는 사안마다 모두 약이 됩니다.

💡 남을 탓하는 자는 생각이 움직일 때마다 모두 창과 칼이 됩니다. 〈채근담〉

삼십 대 나이는 몸이 절정입니다.

몸으로 느끼고 몸으로 누릴 수 있는 인생의 황금기입니다.

절정의 순간에 닻을 내리고 정박할 수 있으면 좋으련만, 인생은 그것을 허용하지 않습니다. 쉼 없이 돌고 구르고 흐르고 변하여 한순간도 고정된 모습을 허용하지 않는 것—

이것이야말로 모든 사물이 걸어가는 단 하나의 길이 아닐까 합니다.

좋게 생각하면, 인생길은 언제라도 천변만화의 즐거움이 넘실댑니다.

💡 **내가 나의 주인이요, 나야말로 내가 의지할 곳입니다.** 〈법구경〉

💡 **하늘이 어떤 사람에게 큰일을 맡기려 할 때에는,**
먼저 그의 의지와 육신을 고달프게 만들고, 하는 일마다 안 되게 하
여, 그의 마음을 자극 분발시키고 성품을 단련시키며 역량을 키워줍
니다. 〈맹자〉

가슴에 붙은 불은 끄기가 어렵습니다.

그리움은 부재와 결핍 때문에 생긴다지만, 가장 몹쓸 그리움은 바로 곁에 두고도 그리워하는 일입니다.

그리움이 지극하면 보아도 안 본 것 같고 꿈길에 자주 보이나니, 상사병은 아닌 게 아니라 일장춘몽 같은 몽유병이 아닐 수 없습니다.

💡 **물은 물결이 일지 않으면 절로 고요해지고, 거울은 먼지가 덮지 않으**
면 절로 맑아집니다.
마음도 애써 맑게 할 필요가 없습니다.
마음을 혼탁하게 만드는 사념을 없애면 맑은 모습이 절로 나타납니다.

즐거움 역시 반드시 애써 찾을 필요가 없습니다.

마음을 괴롭게 만드는 번뇌를 버리면 즐거움이 절로 그 안에 있습니다. 〈채근담〉

💡 마음이 편안하면 초가집도 평온하고, 성품이 안정되면 나물국도 향기롭습니다. 〈명심보감〉

💡 아는 사람은 좋아하는 사람만 못하고,

좋아하는 사람은 즐기는 사람만 못합니다.

(知之者不如好知者 好知者不如樂之者 지지자불여호지자 호지자불여낙지자) 〈공자〉

💡 지극한 즐거움 가운데 책을 읽는 것만 한 것이 없고,

지극히 중요한 것 가운데 자식을 가르치는 것만 한 것이 없습니다.

〈명심보감〉

쏴아아 화살처럼 대지에 꽂히는 빗줄기들! 인간의 욕심과 어리석은 심보를 보다 못해, 하느님이 혼내주러 보낸 하늘 군사들 같습니다.

그래서인가 불더위가 거짓말처럼 한순간에 사라졌습니다.

아마도 불볕더위는 인간의 욕망덩어리였나 봅니다.

💡 서두르지 말아야 합니다.

작은 이익에 연연하지 말아야 합니다.

서두르다 보면 목표에 제대로 도달하지 못할 것이고,
작은 이익에 연연하면 큰일을 이루지 못할 것입니다. 〈공자〉

💡 **매양 자신이 하는 일에서**
의미와 가치와 보람을 높이는 사람이 되십시오.

인생은 기본이 잘 서야 합니다.

기본은 기초나 첫걸음이 아니라 그 자체가 전부인 것이죠.

사람으로서의 기본, 생활인으로서의 기본, 시민으로서의 기본 등
이 그것입니다.

기본이 바로 서면 어떤 환경에서도 무너지지 않습니다.

그러나 기본을 세우지 못하면, 어떤 환경에서도 무너집니다.

왜냐하면 기본은 기초와 심화를 내장한 모든 것이니까요.

일상의 삶은 직선이 아니라, 구부정하게 휘어든 곡선 위에서 펼쳐
집니다.

삶은 하루 내내 일만 하면서 직진으로 곧장 달려가는 게 아니
겠지요,

까닭에 시공간의 틈새에는 언제라도 여백이 있습니다.

이럴 때 부스러기 시간이 참으로 귀합니다.

삶의 여백이 그곳에서 달빛인 듯 은은합니다.

💡 **마음이 현실을 만들어냅니다.**
우리는 마음을 바꿈으로써 현실까지 바꿀 수 있습니다. 〈플라톤〉

'뛰는 놈 위에 나는 놈 있고, 나는 놈 위에 타는 놈 있다.'라고 합니다.

그런데 요즘은 한 걸음 더 나가서, 〈타는 놈 위에 노는 놈 있다〉라고 해요.

하하하 그렇죠. 재미있게 잘 노는 하루가 행복합니다.

내가 무얼 하면 즐거운지, 행복한지를 아는 게 중요합니다.

그리고 그걸 발견했으면 여지없이 실천하는 겁니다.

생의 즐거움은 오직 이뿐. 사는 재미는 아주아주 사소한 곳에 감추어져 있습니다.

내가 행복해야 세상이 행복합니다.

💡 **군자는 갈수록 수준이 높아지지만,**
소인은 갈수록 수준이 떨어지는 사람입니다. 〈공자〉

💡 **하늘이 내게 복을 박하게 주면 나는 내 덕을 두터이 하여 이를 맞을 것입니다.**

하늘이 내 몸을 수고롭게 하면 나는 내 마음을 편히 하여 수고로운 몸을 도울 것입니다.

하늘이 내 처지를 곤궁하게 하면 나는 내 도를 완성하여 막힌 곳을

통하게 만들 것입니다.

이같이 하면 설령 하늘인들 나를 어찌할 수 있겠습니까? 〈채근담〉

💡 모든 꽃잎들을 하나하나 다 떼어낼 수 있다 할지라도

꽃의 아름다움을 딸 수는 없을 것입니다. 〈타고르〉

오늘이 슬프면 내일은 반드시 기쁠 것입니다.

쓴 것이 있어야 달콤함이 가치 있는 것처럼 말이죠.

오르막이 좋다 할 수 없고 내리막이 좋다 할 수 없는 것처럼,

살다 보면 쓴 것이 달콤하지 않다고 할 수 없고,

달콤한 것이 쓰다고 아니할 수 없는 때가 있습니다.

일상의 작은 변화가 삶의 비밀을 만화경으로 연출합니다.

오호라 그렇군요. 오늘은 언제나 내 인생의 새로운 첫날입니다.

💡 무릇 죽기를 각오하면 살 것이고, 살기를 각오하면 죽을 것입니다.

(必死卽生 必生卽死 필사즉생 필생즉사) 〈이순신〉

💡 외부에 의해 불안해지고 혼란스러워진다면,

재빨리 너 자신으로 돌아가십시오. 〈마르쿠스 아우렐리우스〉

💡 성인(聖人)은 자연처럼 되기를 희망하고

현인은 성인처럼 되기를 희망하고, 선비는 현인처럼 되기를 희망합

니다. 〈주돈이〉

정의는 개인의 문제가 아니고, 정의(공정과 상식)는 사회적 약속입니다.

내가 그 약속을 깨뜨리면, 나는 그 약속의 혜택을 누릴 수 없어요.

내가 강자가 되었을 때도, 결연하게 약속을 이행하고 정의를 실천할 수 있을 때,

모두가 사람답게 사는 바탕인 정의가 가능해집니다.

회색 아파트 살피에 숨 쉬고 있는 초록 숲을 봅니다.

도시 문명 속 회색의 물결을 힘겹게 밀어내는 그 모습이 애처로울 만큼 비장하군요.

도시에서 꽃과 나무는 어둠 속에서 밝음을 던지는 불빛 같습니다.

경성드뭇(듬성듬성)이 푸나무들이 있어 사람들이 생기를 마냥 받지요.

생각하면 자연이 고맙고 고마울 따름입니다.

💡 **은혜를 베풀지만 헛되이 베풀지 않는 것, 일을 시키되 원망하지 않게 시키는 것,**
욕심은 갖되 탐욕스럽지 않은 것, 태연하되 교만하지 않은 것,
위엄은 있으나 사납지 않은 것.
– 이것이 군자의 다섯 가지 아름다움(五美. 오미)입니다. 〈공자〉

💡 복이 있다고 해서 다 누리지 마십시오. 복이 다하면 가난하고 궁해집니다.

권세가 있다고 해서 다 부리지 마십시오. 권세가 다하면 원수와 서로 만나게 됩니다.

복이 있거든 항상 스스로 아끼고, 권세가 있거든 항상 스스로 공손하십시오. 〈명심보감〉

💡 두루 친화하고 당파 짓지 않는 것은 곧 군자의 공변된 마음이요, 당파 짓고 친화하지 않는 것은 소인의 사사로운 뜻입니다. 〈성균관 탕평비-영조〉

학교에서는 즐거움을 더 많이 느끼는 공부를 해야 합니다.

많은 곳에서 여러 잔잔한 즐거움들을 만날 수 있게, 학교가 다리를 놓아 주어야 합니다.

왜냐하면 즐거움이야말로 삶의 열정을 그 자신의 메아리처럼 불러 오니까요.

즐겁게 산다는 것은 곧 열정적으로 도전하면서 기쁘게 산다는 말과 동일한 것입니다.

모쪼록 대한민국 학교는 지금보다 한결 더 즐거운 곳이 되어야 합니다.

💡 가난한 집도 깨끗이 쓸고, 가난한 집의 여인도 단정히 머리를 빗어보

십시오.

그러면 그 모습이 비록 미려하지 않을지라도 기품만큼은 절로 우아합니다. 〈채근담〉

💡 남을 너그럽게 받아들이는 사람은 항상 사람들의 마음을 얻고,
위엄과 무력으로 엄하게 다스리는 사람은 항상 사람들의 노여움을 삽니다. 〈세종대왕〉

지금은 마음이 주인인 시대입니다.
현시대는 돈이나 지위로는 만족할 수 없는 수준에 도달했습니다.
잘 키운 마음 하나, 열 통장도 열 대통령도 안 부럽습니다.
마음을 내쳐 잘 닦으며(수심정기 修心正氣) 나는 내 생의 주인으로 살겠습니다.

💡 사랑이여, 그대야말로 진정한 생명의 꽃이며 휴식 없는 행복입니다.
〈괴테〉

인생이란 눈길을 걷는 것과 같아요.
또렷한 흔적이 남기에 함부로 밟을 수 없는 길,
내딛는 발자국이 모여 나의 역사가 됩니다.
나에게는 아직 가야 할, 남은 새로운 길들이 많이 있습니다.
인생길은 언제나 한 번도 가 보지 못한 새로운 길의 연속입니다.

💡 실패한 후 오히려 성공할 가능성이 높습니다.
뜻대로 되지 않는다고 쉽게 손을 빼서는 안 됩니다. 〈채근담〉

💡 군자의 삶의 길은 어리숙하지만 날로 빛을 발하고,
소인의 삶의 길은 화려하지만 날로 빛을 잃습니다. 〈중용〉

💡 부귀와 복록은 나의 선행을 용이하게 해주는 수단입니다. 〈퇴계〉
책을 읽으면서 성현을 보지 못하면 글이나 베껴 쓰는 노비가 되고,
벼슬을 하면서 백성을 사랑하지 않으면 관복을 훔쳐 입고 봉록이나
타 먹는 도적이 됩니다. 〈채근담〉

미국의 아기 독립 교육은 놀랍습니다.
원리 원칙에 철저합니다. 합리적이라는 뜻이죠.
울어도 안아주지 않고, 정해진 시간이 아니면 우유를 주지 않으며,
갓난애도 부부와 떨어져 다른 방에 따로 재운다고 합니다.
아아 그들의 '개인 독립 만세'가 여기서부터 시작되었군요.
그래서 정(情)이라는 것을 모르나 봅니다.

단군은 우리나라의 으뜸 성인(聖人)이고, 최초의 성인이고, 최고의
성인이죠.
그러나 놀랍게도 지금의 한국인들은 이것을 죄 잊었습니다.
남녀노소 한국인들이 때 없이 '단군'을 무시하고 '단군'을 알아주지

않아서 서글프고 안타까운 마음입니다. 아아 오늘 나는 단군의 후손으로서 깊은 소외감과 지극한 슬픔을 감출 수가 없음을 고백합니다.

💡 사람이 사랑[仁]을 모른다면, 예의를 차린들 무슨 의미가 있겠습니까. 〈공자〉

💡 살아 있는 것과 하나가 되는 것, 스스로를 잊고 자연의 일체 속으로 돌아가는 것,
그것은 인간의 사상과 환희의 정점이며, 성스러운 산정이요 영원한 휴식처입니다. 〈휠더린〉

💡 자신의 운명(소명 의식과 천직)을 알지 못하면 군자라고 할 수 없고,
자신이 처신해야 할 예의를 모른다면 자리를 지키지 못할 것이고,
상대방의 말을 제대로 파악하지 못하면 사람을 안다고 할 수 없을 것입니다. 〈공자〉

💡 부귀는 내 분수에서 벗어난 것임을!
매화, 소나무, 국화, 대나무, 연꽃, 벗들 있으니 마음이 흐뭇하여라 〈퇴계〉

💡 거센 바람과 성난 비에 새와 짐승 모두 몸을 사립니다.
맑게 갠 태양과 따뜻한 바람에는 풀과 나무도 기뻐합니다.
이로써 천지는 단 하루도 화기가 없으면 안 되고,

사람의 마음 또한 단 하루라도 기쁨이 없어서는 안 된다는 것을 알 수 있습니다. 〈채근담〉

시간의 여객선에 몸을 싣고 흘러갑니다.
역사이면서 풍속이면서 일상인, 세상이라는 너른 바다.
꿈이 없는 자에게는 눈앞의 파도만 보이고,
꿈을 가진 이에게는 그 너머 대륙이 보인다지요.

여름철 한낮 뜨거움이 사무칠 때 어머니가 수박을 쪼갭니다. 배꼽이 돌아가게 오랄지게 퍼먹고는 대청마루에 거꾸러집니다.
지척에서 매미가 풍악을 울리고 아리랑부채가 춤을 춥니다.
이만하면 신선이 부러울까요, 염제가 두려울까요?
여름이라서 한껏 즐거운 시간들이 몰려옵니다. 어릴 적의 꿈입니다.

💡 **측은지심**(惻隱之心)은 생명의 길입니다.
그것이 없으면 죽은 것이나 마찬가지입니다. 〈퇴계〉

💡 **군자는 죽어서 자신의 이름이, 세상에 알려지지 않는 것을 싫어합니다.** 〈공자〉

참맛은 오직 담담할 뿐입니다. 일상 먹는 밥맛이 참맛입니다.

참맛은 변함없으며 오래가고 진실한 것입니다.
수수하고 담박한 삶이 인생의 진미입니다.

💡 **공경의 마음은 예의를 싣는 수레와도 같습니다.**
공경의 마음이 결여되면 예의가 행해질 수 없습니다. 〈춘추좌씨전〉

💡 **리(理)의 관점에서 말하자면, 세상에 내 일 아닌 것이 없습니다.** 〈퇴계〉

💡 **생각이 어둡고 어지러울 때는 마음을 가다듬을 줄 알아야 합니다.**
마음이 긴장되어 굳어 있을 때는 이를 풀어버릴 줄 알아야 합니다.
그렇지 않을 경우 머리가 어지러운 병이 생기고,
매사에 조바심을 내며 근심하는 일이 그치지 않을까 우려됩니다.
〈채근담〉

💡 **군자는 자신에게서 책임을 묻고.**
소인은 남에게 책임을 묻습니다. 〈공자〉

매일을 새롭게 사는 게 중요합니다. 하루가 새로우면 인생이 새롭습니다.

나이를 불문하고, 인생의 매듭에는 그 나름의 고통과 즐거움이 있습니다.

그런 까닭에 매 하루가 나날이 새로워져야 합니다.

💡 **진실을 말하고, 노하지 마십시오. 궁핍한 속에서도 청하면 베푸십시오.**

이들 세 가지 일로 신의 나라에 가게 됩니다. 〈법구경〉

예술 없이 산다는 것은 반찬 없이 맨밥만 먹고 산다는 것과 다름이 없어요.

인간의 삶에서 예술은 좋은 반찬과 같은 것이어서,

예술과 함께 살아야 잘 살고 맛나게 살고 멋지게 살게 됩니다.

💡 **국가를 다스리는 이는 물질이 적은 것을 근심하지 말고**

고르게 분배되지 못하는 것을 걱정해야 하며,

빈곤한 것을 근심하지 말고 편안하지 못한 것을 걱정해야 합니다. 〈공자〉

화기환(和氣丸)이라는 약이 있습니다.

이황 선생이 개발했습니다. 종이에 '참을 인(忍)' 한 글자를 적었습니다.

이황 선생은 화가 날 때, 이 종이를 입에 넣고 침으로 녹여서 꼭꼭 씹어 먹었다고 합니다.

말하자면 이 종이가 바로 '화기환'이라는 약입니다.

퇴계 선생은 만병의 근원이 마음에 있음을 알고, 스스로 마음을 다스렸던 거예요.

시쳇말로 스트레스라는 것을 선생은 이렇게 다스렸습니다.

참을 인(忍) - 이 한자 모양새를 잘 보십시오.

마음을 다스리지 못하면 심장 위에 있는 칼[刃]이, 심장[心]을 찌른다는 의미를 담았습니다.

화를 참으면 칼과 심장이 제 위치에 고스란한데, 못 참으면 칼이 아래로 내려와 심장을 찌른다는 뜻이 들어 있습니다.

💡 군자는 자부심이 있지만 남과 경쟁하지 않습니다.
군자는 무리는 짓지만, 편당 짓지 않습니다. 〈공자〉

💡 즐거움은 괴로움에서 나옵니다. 괴로움은 즐거움의 뿌리입니다.
괴로움은 즐거움에서 나옵니다. 즐거움은 괴로움의 씨앗입니다.
괴로움과 즐거움이 서로를 낳는 것은,
동정(動靜)이나 음양(陰陽)이 서로 뿌리가 되는 것과 같습니다. 〈정약용〉

💡 군자는 다른 사람의 단점을 자꾸 들추어내는 사람을 미워하고,
수준 낮은 사람이 수준 높은 사람을 비방하는 것을 미워하고,
용기만 믿고 예의가 없는 사람을 미워하고,
과감하기만 하고 꽉 막힌 사람을 미워합니다. 〈공자〉

백일홍이 하나의 꽃송이마다 정말 백일을 버틸까요?
송이마다 순서 따라 제 꽃을 드러내고 시들며 바람에 떨어집니다.
그렇게 백일홍은 적당히 잃어가며, 모든 꽃을 끝까지 피워냅니다.
바람에 적당히 흔들리며 백일홍처럼 아름답게

글로 빚은 꽃

그러나 사뭇 참고 견디는 힘이 삶의 당당함이 아닐까요?

💡 행복한 결혼은, 약혼한 순간부터 죽는 날까지
  지루하지 않은 기나긴 대화를 나누는 것과 같습니다. 〈앙드레 모루아〉

💡 자신을 귀하게 여김으로써 다른 사람을 천하게 여기지 말고,
  스스로를 잘났다고 여겨 다른 사람을 멸시하고 하찮게 여기지 마십
  시오. 〈명심보감〉

💡 군자는 세 가지 다른 모습을 갖고 있습니다.
  멀리서 보면 근엄한 모습, 그러나 가까이 다가가면 따뜻한 모습,
  그 말을 들어보면 확고한 모습을 갖고 있습니다. 〈논어〉

💡 다른 누구보다 먼저 자신을 사랑하십시오.
  자신을 매우 좋아하는 사람은 행복의 절반을 얻은 것과 마찬가지입
  니다.
  나머지 절반의 행복은 자기 주변을 열심히 사랑하면 저절로 따라옵
  니다.

💡 진실한 청렴은 '청렴'이라는 이름조차 없습니다.
  그런 이름을 세우는 것 자체가 탐욕이기 때문입니다.
  큰 재주는 기교가 없습니다. 기교를 쓰는 것 자체가 졸렬하기 때문

입니다. 〈채근담〉

💡 즐거운 우리 님은 / 왼손에 생황 들고
오른손으로 나를 방으로 부르니 / 정말 즐겁네 〈시경〉

💡 남의 허물을 찾아내고 흉보는 자에게는
마음의 더러움이 더욱 자라나리니,
그 더러운 때는 없어질 날이 없을 것입니다. 〈법구경〉

나이가 든다는 것은 물기가 메말라가는 것입니다.
인생의 마르지 않는 샘터는 오직 사랑뿐. 사랑은 사람됨의 샘터입니다.
언제라도, 누구라도, 무엇이라도, 살아있는 한, 사랑하고, 사랑하고 또 사랑하십시오.

💡 군자는 신뢰를 얻고 난 후에 상대방의 잘못을 이야기합니다.
신뢰를 얻지 않고 잘못을 말해주면, 자신을 비방한다고 생각합니다.
〈논어〉

💡 아직 취하지 않았을 적엔 / 위엄과 예의가 빈틈없더니
술 취한 뒤엔 / 위엄과 예의가 허술해지네.
이래서 술 취하면 / 질서를 모른다 했네. 〈시경〉

💡 내 해 좋다 하고 남 싫은 일 하지 말며
　　남이 한다 하고 의(義) 아니면 좇지 마라
　　우리는 천성을 지키어 생긴 대로 하리라 〈변계량〉

💡 아는 것을 안다고 하고 모르는 것을 모른다고 하는 것, 이것이 곧 아
　　는 것입니다. 〈공자〉

💡 사람은 누구나 두 가지 교육을 받습니다.
　　하나는 타인으로부터 받는 교육이고,
　　나머지 하나는 스스로 배우는 것으로 이것이 훨씬 중요합니다. 〈에드
　　워드 기번〉

💡 배우기만 하고 생각하지 않으면 얻는 게 없고,
　　생각만 하고 배우지 않으면 위태롭습니다. 〈공자〉

💡 성불한 부처는 앉은 자세로 모시고,
　　성불하지 못한 보살이나 사천왕은 선 자세로 모십니다.
　　그런데 미륵불은 어정쩡하게 반은 앉고 반은 서고.
　　까닭은? 미래를 알 수 없기에...

💡 다른 사람으로 하여금 선을 행하도록 도와주는 것,
　　이것이 군자의 가장 아름다운 일입니다. 〈남명〉

140

💡 군자는 수준 낮은 곳에 있는 것을 싫어합니다.

　천하의 모든 악이 그곳으로 모여들기 때문입니다. 〈논어〉

💡 심성이 조급하고 거친 자는 한 가지 일도 제대로 이룰 수 없습니다.

　심기가 온화하고 평안한 자는 백 가지 복이 절로 모여듭니다. 〈채근담〉

💡 군자는 직접적으로 싸우지 않습니다.

　반드시 싸울 일이 있으면, 활쏘기 시합으로 해야 합니다.

　활쏘기 시합은 쏘기 전에 서로 인사하고, (먼저 쏘라고) 양보하고, 올라가서 활을 쏘고, 내려와서 진 사람이 벌주로 술을 마시는, 예의가 있는 승부 방법입니다.

　이런 승부야말로 군자들의 승부 방법입니다. 〈공자〉

💡 입을 즐겁게 하는 음식은 장을 상하게 하고 뼈를 썩게 만드는 독약입니다.

　다 먹지 않고 절반쯤에서 멈춰야 재앙이 없습니다.

　마음을 통쾌하게 만드는 쾌락은 몸을 망치고 덕을 잃게 하는 매체입니다.

　끝까지 추구하지 않고 절반쯤에서 멈춰야 후회가 없습니다. 〈채근담〉

💡 작은 일에도 무시하지 않고 최선을 다해야 합니다.

　작은 일에도 최선을 다하면 정성스럽게 됩니다.

정성스럽게 되면 겉으로 드러나게 되고,

겉으로 드러나게 되면 이내 밝아지고,

밝아지면 남을 감동시키고, 남을 감동시키면 이내 변하게 되고,

변하게 되면 생육(生育)이 됩니다.

그러니 오직 세상에서 지극히 정성을 다하는 사람만이

나와 세상을 변하게 할 수 있는 것입니다. 〈세종대왕〉

우리가 사는 세상은 항상 새롭고, 새롭고 또 새롭습니다.

어제와 오늘이 다릅니다. 여름과 겨울이 다릅니다. 작년과 올해가 다릅니다.

작은 차이가 새로움을 끝없이 만들어 가기 때문이지요.

그렇다면 우리는 새로움을 항시 받아들이고 그걸 즐길 수 있는 용기가 필요한 게 아닐까요.

💡 진리는 무궁하고 사람의 생각에는 한계가 있는 것인데,

사람들은 자기주장만 정론이라 고집하고 남들의 견해는 아예 부정하려 하기 때문에

끝내는 편견의 병폐에서 벗어나지 못합니다.

나의 주장도 역시 그러한 것은 아닐는지요? 〈퇴계〉

💡 도(道)는 일종의 공용 소유물과 같습니다.

마땅히 사람에 따라 다양한 방법을 동원해 이끌어야 합니다. 〈채근담〉

💡 뜻을 굽혀 남의 환심을 사는 것은,
지조를 지켜 남의 미움을 받느니만 못합니다. 〈채근담〉

💡 평범한 일상이 가장 귀합니다.
평범한 일상을 이어가는 보통 사람들이 가장 위대합니다.
사람들의 평범한 일상이 우리 사회의 희망을 줄기차게 이어갑니다.

배운 자 못배운 자

호랑이를 그리되 가죽은 그릴 수 있으나
뼈는 그리기 어려우며,
사람은 알되 얼굴은 알지만,
마음은 알 수 없습니다.
〈명심보감〉

서양 철학의 근본은 기독교이고, 한국 철학의 근본은 홍익 대동사상입니다.

서양 철학 분파의 많은 가짓수를 우리가 하나로 묶어 명명할 필요는 없으나, 한국 철학은 존재 증명의 새 이름이 꼭 필요합니다. 우리 것을 찾아야 하지요.

'해동'은 오래전부터 우리나라(남북 포함, 한반도)의 별칭이므로, 5천년 역사의 해동 철학(풍류, 선불유, 무속, 동학, 국학, 한국학 등)이 전통 철학입니다.

까닭에 〈해동학〉 또는 〈해동 철학〉이라는 새 이름으로 우리 철학을 아우르면 어떨까요.

💡 군자의 잘못은 마치 일식이나 월식과 같아서
　 잘못을 저지르면 모든 사람이 다 바라보게 되고,
　 잘못을 고치면 모든 사람이 그를 우러러보게 됩니다. 〈논어〉

💡 우리가 어떤 목표 없이 인생을 허송세월한다면,
　 그 일생은 물론 단 하루라도 인생의 존귀한 것을 모르고 말 것입니다.
　 인생이란, 설명보다도 성실히 사는 사람에게는 저절로 터득되는 것입니다. 〈존 러스킨〉

구멍 없는 그물로는 고기를 잡을 수 없습니다.

그물의 유효성은 구멍, 즉 그물눈에 있습니다.

무욕의 빈 마음을 그물눈처럼 잘 사용하면, 오히려 삶이 푸짐하고 너끈할 테죠.

💡 **천하에 가장 천해서 의지할 데 없는 것도 백성이요,**
천하에 가장 높아서 산과 같은 것도 백성입니다. 〈정약용〉

💡 **물이 원천에서 솟아 나와 밤낮으로 그침 없이 흘러**
웅덩이들을 채우고 바다에 이르나니, 근본이 있는 사람은 이와 같습
니다. 〈맹자〉

넘어진 김에 쉬어감을 배우십시오.

실패를 두려워하면 안 됩니다. 실패는 '쉬어감'입니다.

쉬어가야 오래가고 꾸준히 가고 멀리 갈 수 있습니다.

예술은 비판에 힘입어 아름다움을 빚습니다.

학문은 비판에 맞서며 진리를 구합니다.

도덕은 비판에 기대어 선함을 살립니다.

아름다움에 넋을 놓고 반하는 마음, 존경스러워 저절로 우러러보는 마음,

자꾸 생각나 보고 싶어 못 배기는 마음, 불의를 보고 참지 못해 소

리치는 마음,

기뻐서 펄쩍펄쩍 뛰며 하늘로 솟구치는 마음.

이 마음들이 우리가 날마다 누리고픈 한국의 마음입니다.

모든 행동에서 가장 중요한 것은 진심을 담는 것입니다.

이것 이상의 대화 기술은 없습니다. 체온이 담긴 따뜻한 말과 행동은, 사람 사는 세상을 만들어 가는, 두 바퀴의 자전거와 같습니다.

💡 **호랑이를 그리되 가죽은 그릴 수 있으나 뼈는 그리기 어려우며, 사람은 알되 얼굴은 알지만, 마음은 알 수 없습니다.** 〈명심보감〉

💡 **어릴 적에는 공손하지도 못하고, 나이가 먹어서는 잘한다는 소문도 없고, 나이가 들어 죽지도 않는다면, 이런 사람을 '인간의 적'이라고 합니다.** 〈공자〉

단군신화를 현대적으로 해석하고 평가한 세력은 애당초 일본 측이었다는 사실을 우리가 반드시 기억하고 있어야 합니다. 그러면 지금의 많은 오해와 궁금점과 의문점이 절로 풀려납니다. 일본 학자 시라토리 (서기 1865~1942)가 서기 1894년에 최초로 '단군고(檀君考)'를 발표합니다. 이것을 시발점으로 하여 단군에 대한 일본의 왜곡과 날조가 거침없이 벌겋게 달아오릅니다. 그것들은 가령 〈삼국유사〉에 번연히 〈고기(古記)〉라는 문헌이 적혔는데도, 저들 총독부 어용 지식인들은 이를 책명이 아니라 단순한 낱말, 즉 '옛 기록' 혹은 '옛날에 기록되어 전하기를' 하는 식으로 해석하는 거죠. 우리 민족의 열등성을 부각하고 역사의 뿌리를 흔들어놓기 위해 조선총독부는, 단군에 관련된 고서적 수만 점을 수거하여 폐기 처분하거나 혹은 변조하였다고 전해집니다.

💡 그 사람이 무엇을 하는지 보고, 그것을 왜 하는지를 관찰하고,
　 어떤 결과를 편안하게 생각하는지를 분석하면,
　 사람들이 어찌 (됨됨이와 능력을) 숨길 수 있겠습니까? 〈공자〉

💡 성공의 최고 비결은 실패입니다.

　 맹자의 '수오지심(羞惡之心)'은 자신의 잘못을 부끄러워하고,
　 남의 악행을 미워하는 마음입니다.
　 현대인에게 수오지심은 도덕 감정의 가장 귀중한 지표라고 할 수
있습니다.

💡 기쁨에 들떠 가볍게 승낙하거나, 술김에 화를 내거나,
　 즐거움에 빠져 일을 많이 만들거나, 힘겹다고 마무리를 대충하거나
　 하지 마십시오. 〈채근담〉

💡 새 친구를 사귀는 것은 옛 친구와 정을 두텁게 하느니만 못합니다.

💡 영예로운 명성을 세우는 것은 숨은 공덕을 심느니만 못합니다.
특별한 절조를 숭상하는 것은 일상의 행실을 삼가느니만 못합니다.
〈채근담〉

💡 배운 사람은 벼와 같고, 배우지 않은 사람은 잡초와 같습니다.
벼와 같은 사람이시여, 나라의 좋은 양식이며 세상의 큰 보배입니다. 잡초 같은 사람이시여, 밭 가는 사람이 싫어하고 김매는 사람이 귀찮아합니다. 〈명심보감〉

적당한 긴장과 여유가 관계를 계속하게 하는 힘입니다.
보통 농담 삼아 말할 때 '있을 때 잘하라.'라는 건 그런 뜻입니다.

💡 몸으로, 말로, 마음으로 나쁜 짓을 행하지 않고
이 세 가지를 억제하는 자, 나는 그를 거룩한 자라고 말합니다. 〈법구경〉

💡 먼저 어려운 선택을 하고 결과는 나중에 생각한다면, 인자하다고 할 것입니다. 〈공자〉

하루의 반짝이는 순간을 문자로 꼭 기록하십시오.
소위 슬기로운 문자 생활(시, 수필, 어록)이죠. 그러면 삶이 예술이 됩니다.

틈나는 대로 쉬세요. 자주자주 쉬세요.

몸과 마음을 혹사하지 마십시오.

세상의 모든 병마와 다툼과 전쟁은, 심신의 피로도가 극에 달한 상태에서 발생한 것입니다. 쉬세요. 잘 쉴 때 비로소 인간은 원래의 자연이 됩니다.

평화로움 속에서 소요유(逍遙遊)의 공간을 노닐게 되지요.

인문 공부는, 인생의 향기와 멋과 매력과 낭만을 찾아 즐기는 공부입니다.

삶의 과정에서 즐거움을 느끼고, 즐거움과 동행하는 것이 인문학이지요.

살아가면서 밝음을 늘 찾으려 하고, 매사 긍정적으로 사고하고, 타인을 배려하고 공감하는 태도가 곧 인문의 길입니다.

게다가 인문은 곧바로 실천입니다. 그러니까 인생 자체가 곧 인문인 거죠.

인생은 자기가 쓰는 한 권의 인문학 책입니다.

💡 이 세계에는 두 가지 자아가 있으니,
멸하는 것과 멸하지 않는 것이 그것입니다.
멸하는 것은 모든 존재로서 있는 것이요,
멸하지 않는 것은 최고자라고 불립니다. 〈바가바드 기타〉

다정한 인사가 그립습니다.

집에서 누군가가 있어 반겨주면 좋으련만, 어릴 적 어머니의 푸근한 모습이 떠오릅니다.

언제나 나를 기다려 주시던 어머니. 동무들과 놀고 늦게 들어올 때도, 학교 마치고 집에 올 때도, 어머니는 늘 내게 말하곤 했지요.

"이제 오나? 얼른 밥 먹자."

자연을 닮으려고 노력하면 어떨까요?

사람 속에서 사람과 부대끼며 살되 늘 자연을 잊지 마십시오.

자연이야말로 우리 몸과 정신의 진정한 고향입니다.

💡 하느님이 본성을 내려주니, 근본은 진실 되고 고요합니다.
어찌 말단에서 변하여 그 본성을 손상시킬까요. 〈퇴계〉

💡 나쁜 친구와 사귀지 말고 낮은 사람을 벗 삼지 마십시오.
착한 친구와 최상의 사람과 사귀십시오. 〈법구경〉

💡 악행 뒤 남이 알까 두려워하면, 아직 선으로 돌아갈 길이 남아 있기 때문입니다.
선행 뒤 남이 모를까 조급해하면, 아직 악의 뿌리가 남아 있기 때문입니다. 〈채근담〉

공부 세계는 지름길이 없다는 단순한 진리를 뼈에 새깁니다.

상상력은 다름 아니라 '소재 해석 능력'이라는 사실을 혈관에 담으렵니다.

발상의 전환이 정신 혁명이며 지금까지의 어리석은 나를 냉큼 버리겠습니다.

생각 공부 마음 수련에 더욱 정진하겠습니다.

💡 **몸에 좋은 피자 3판이 여기에 있습니다.**

- 어깨 피자, 허리 피자, 웃음꽃 피자.

💡 **고요한 가운데 생각이 맑으면 마음의 진실한 본체를 볼 수 있습니다.**

한가한 가운데 기상이 조용하면 마음의 진실한 기틀을 알 수 있습니다.

담박한 가운데 의지가 평온하면 마음의 진실한 맛을 얻을 수 있습니다.

마음을 살펴 도를 발견할 때, 이 세 가지 방안보다 더 나은 것은 없습니다. 〈채근담〉

어찌 평탄한 길만 있을까요.

오르막이 있고 내리막이 있고, 곧은 길도 있고 굽은 길도 있지요.

어쨌든 내 몫의 길이 언제라도 있고 내 길을 내가 가는 것이 나의 인생입니다.

💡 부모는 오직 자식이 아픈 것을 가장 슬퍼합니다. 〈공자〉

💡 황금 천 냥이 귀한 것이 아니고,
  남에게 듣는 좋은 말 한마디가 천금보다 낫습니다. 〈명심보감〉

꿈속에 또 꿈이 있습니다. 꿈과 꿈은 꼬리를 물고 이어집니다.

나이 들수록 꿈 찾기가 곤혹스럽습니다.

어느 날 내 마음의 깊은 결을 따라 꿈을 찾아서 검질기게 더듬어 내려가 보았죠.

아아 갖은 고생 끝에 나는 마침내 꿈의 정수와 만났습니다.

그가 속삭이듯 내게 말을 건네더군요.

"고생했어. 여기까지 오느라고 고생 많았어. 삶과 꿈은 하나야. 다르지 않아.

삶이 꿈이고 꿈이 삶이야. 지금까지의 삶은 잘 익어가는 너의 꿈이야."

내일의 행복을 위해 오늘의 행복을 계속 미룬다면,

행복은 영원히 접근 불가능한 영토로 남습니다.

지금 행복하지 않으면, 정작 행복이 무엇인지 모르고 살게 됩니다.

지금 행복해야 합니다. 지금 행동하십시오.

💡 생각이 어둡고 어지러울 때는 마음을 가다듬을 줄 알아야 합니다.

마음이 긴장돼 굳어 있을 때는 이를 풀어버릴 줄 알아야 합니다.

〈채근담〉

💡 그대는 어찌 내가 한 번 몰입하면 밥 먹는 것도 잊고,
한 번 즐거움에 빠지면 근심도 잊고,
늙음이 장차 이른다는 것도 모르며 사는 사람이라 말하지 않았습니까? 〈공자〉

생존을 넘어 평범한 생활이 일상이 되었을 때,
비로소 우리는 제 인생을 살고 있음을 흐뭇이 느낄 것입니다.
평범한 일상이 매일같이 이어질 때, 이것이 가장 행복한 인생입니다.

생각해 보십시오. 가령 과학 분야의 유명인이 책을 집필할 때 그가 뛰어난 문장력을 발휘한다면, 그 책이 얼마나 빛날까요. 잘하면 단박에 노벨문학상 후보작으로 떠오를 수도 있어요.

문장 표현에 스며든 필자의 깊은 사유와 철학이 꽃을 피우고 열매를 맺는다면, 대중적인 측면에서도 인류 문화 발전에 크게 이바지할 수 있지 않을까요.

결국은 어떤 분야이든 문학적 재능이 최종 병기가 되고 그것이 금상첨화의 꽃으로 피어나겠지요. 유의미하고 보배로운 문자 활동이 글쓴이를 '문학(리터러처)'이라는 명예의 전당으로 인도해줄 것이 틀림없

습니다.

그러므로 맵시 나는 모든 글은 문학입니다.

💡 아득한 옛날부터 봄과 가을이 어김없이 갈아들고,
네 계절이 변함없이 제때를 만났다가 사라져갑니다.
이것도 또한 하느님의 조화의 자취가 천하에 뚜렷하다는 본보기입
니다. 〈동경대전〉

노력은 달콤한 고통입니다.
달콤함을 즐기십시오. 고통이 즐거움으로 변할 때까지.

💡 내 몸은 하나의 작은 우주입니다.
기뻐하거나 성냄에 허물이 없고, 좋아하거나 싫어함에 법칙이 있도
록 하면, 이는 우주의 이치를 통해 자신을 다스리는 공부가 됩니다.
〈채근담〉

💡 밭을 망치는 것은 잡초요, 인간을 해치는 것은 욕망입니다. 〈법구경〉

실험에 쓰는 쥐는 수컷일까요, 암컷일까요?
맞아요, 수컷입니다. 수컷은 생리학적으로 단순합니다.
자극에 대한 반응 효과가 매우 빠르죠.
까닭에 동물 실험에서 특수한 경우 외에 암컷 쥐는 잘 사용하지 않

습니다.

　세상을 살아보면 남자들이 많이 어리석지, 여자들은 지혜롭기가 여우를 닮았습니다.

　대개 남자는 몽상적이고, 여자는 현실적인 까닭입니다.

글이 주는 행복

사람의 한평생이
마치 하늘을 날던 새가
논 벌판에 남기고 간
발자국과 같습니다.
〈소동파〉

조선총독부는 '조선사 편수회'를 설치하고 10년간의 위조 작업 끝(서기 1938년)에 30여 권에 이르는 방대한 분량의 〈조선사〉를 편찬하고 간행합니다. 여기에는 단군조선의 역사가 단 한 줄도 언급되지 않고 있습니다. 자료가 부족하고 믿을 수 없다며 '조선 역사' 편찬에서 단군 역사 부분을 완전히 삭제했던 거죠. 당시 조선의 아동들이 배우던 〈동몽선습 童蒙先習 – 천자문 다음 과정〉 학습서는 그 첫머리를 단군으로부터 시작하고 있었어요. 이 책은 총독부 독재정권에 의해 이단 서적, 불온서적이 되었음은 물론입니다. 조선 혼의 박멸 – 일본의 이 의도는 끝끝내 달성되었습니다. 조선은 패망했으며 단군은 죽었습니다. 더욱 안타까운 것은 단군의 죽음과 민족자존 의식의 소멸이 오늘까지 줄기차게 이어지고 있다는 사실입니다. 아아 하느님이시여, 단군이시여, 대한민국을 보우하소서!

💡 **하늘의 도는 활을 잡아당기는 것과 같습니다.**
　　높으면 누르고, 낮으면 듭니다. 〈노자〉

💡 **천지를 뒤흔드는 경륜도**
　　깊은 곳에 임한 듯, 살얼음을 밟는 듯, 조심스레 실천하는 데서 길러진 것입니다. 〈채근담〉

💡 **평온함에 이르면 모든 고(苦)가 없어집니다.**
　　마음의 평온함에 이른 자는 밝은 지혜가 나타나서 머뭅니다. 〈바가바

드 기타〉

책은 좋은 벗입니다.
그러나 벗이 곁에 있어도 알아채지 못하면 헛일입니다.
그런데 알아채도 만나지 못하면 또 헛일입니다.
찾아가야 벗입니다. 만나십시오. 책은 좋은 벗입니다.

💡 **사람의 한평생이 마치 하늘을 날던 새가**
논 벌판에 남기고 간 발자국과 같습니다. 〈소동파〉

💡 **장차 오므리려면 먼저 펼쳐야 하고, 약하게 하려면 먼저 강하게 해야**
하며, 폐지하려면 먼저 일으켜야 하고, 빼앗기 위해서는 먼저 주어
야 합니다. 〈도덕경〉

어제가 없었다면 오늘이 이처럼 새로울 수 있을까요?
바야흐로 오늘 하루가 환하게 열리고 있습니다.
아아 세월이 아무리 가도 날이 날마다 새롭습니다. (日新又日新 일신
우일신)

적당한 잡음이 있어야 소리가 제대로 들린다(백색소음 효과)는 사실
을 기억하기를 바랍니다.
잡음이 있다는 건 여러 소리가 함께 있다는 뜻이지요. 사람이 사람

속에서 왈각달각 부대끼면서 살아가는 게 삶의 진정한 즐거움이 아닌가 합니다.

💡 성인을 내가 직접 만나보지 못했으니, 군자라도 만나보았으면 좋겠습니다. 〈공자〉

💡 자손에게 재산을 남겨주는 것은
자손에게 게으름을 가르치는 것과 같습니다. 〈소학〉

💡 수레를 뒤엎는 사나운 말도 길들이면 부릴 수 있고
다루기 힘든 쇠도 잘 다루면 좋은 기물이 됩니다.
단지 하는 일 없이 놀기만 하고 분발하지 않으면, 평생토록 아무런
발전이 없습니다.

〈채근담〉

💡 인생이 노래처럼 잘 흘러갈 때는 누구나 웃을 수 있습니다.
그러나 진짜 가치 있는 사람은 일이 잘 안 풀릴 때 웃는 사람입니다.

〈허버트〉

💡 덕은 재능의 주인이고 재능은 덕의 종입니다.
재능이 있어도 덕이 없으면, 주인이 없는 집에서 종이 멋대로 일을
처리하는 것과 같습니다. 〈채근담〉

💡 다른 사람을 꾸짖는 자는 사귐을 온전히 할 수 없고,
   스스로 용서하는 자는 허물을 고치지 못합니다. 〈명심보감〉

💡 비유하건대 산을 만들 때 한 삼태기의 흙을 남기고 중지했다면, 내가
   중지한 것이고
   평지를 만들 때 비록 한 삼태기의 흙을 쏟아부어 시작함도 내가 나아
   간 것입니다. 〈공자〉

암행어사 박문수가 점술가를 찾아갔습니다.

'복(卜)' 자를 짚어 점괘를 구했지요.

점쟁이의 말인즉슨, 허리에 마패를 찼으니 당신은 암행어사가 분명
하다고 대답했습니다.

용하다 싶어 이번에는 거지를 변장시켜서 점을 치게 했습니다.

그도 역시 '복(卜)' 자를 짚으며 물었겠지요. 점괘 풀이가 즉시 나왔
습니다.

"당신은 허리에 쪽박을 차고 있으니 거지임이 분명하다."

하하하 해석 능력의 중요성을 속 시원히 보여주는 장면입니다.

💡 미래가 궁금한가요?

그렇다면 자신의 생각과 노력을, 지금 이 순간에 더욱 집중하십
시오.

까닭은 현재의 정수가 미래 그 자체이기 때문입니다.

💡 방종은 감각적 쾌락이 불러들인 화입니다.
　절제는 그것에 대한 징벌이 아니라 간을 알맞게 하는 양념일 뿐입니다. 〈몽테뉴〉

칭찬은 고래도 춤추게 하고, 꾸중은 꼴뚜기도 열 받게 만든다고 합니다.

더운 날씨만큼이나 날씨가 눈부십니다.

티끌 하나 없는 깨끗한 세상. 이 좋은 날씨를 선물로 주신 하느님을 우리가 칭찬해 드리면 어떨까요? "하느님, 고맙습니다. 사랑합니다."

💡 숲과 샘물, 물고기와 새들이 주는 즐거움이 없었다면,
　세월을 보내기가 어려웠을 것입니다. 〈퇴계〉

💡 '차별'은 중심과 주변을 가르는 생각이고,
　'차이'는 만물이 저마다 중심이라는 생각입니다.
　그러므로 만물의 차이에 주목하는 게 평등사상의 핵심입니다.

💡 천하의 작은 일은 반드시 쉬운 일에서 일어나고,
　천하의 큰일은 반드시 작은 일에서 일어납니다. 〈도덕경〉

자기 철학(글 철학) 없이는 문학이 제값을 다하지 못합니다. (회사후소 繪事後素 〈논어〉 −그림 그리는 일은 흰 바탕이 있는 후에 가능함) 그렇습니다.

글에는 자기 철학이 있어야 합니다. 유미주의니 사실주의니 하는 것도 하나의 글 철학임이 분명합니다. 요컨대 그림 그리는 일이 그러하듯 문학의 뒷배는 철학(글 철학)입니다. 분명한 자기 철학이 없고서는 자기 문학이 없습니다. 문장을 번듯하게 잘 꾸미고 글을 술술 지어낸다고 해서 그가 훌륭한 문인이 되는 것은 정녕코 아닐 것입니다. 반면에 지식과 학문과 저술이 지극한 경지에 이르면 그는 저절로 예술가이자 문학가이며 또한 철학자로 평가되지 않을 수가 없습니다. 왜냐하면 그는 기존의 지식과 기존의 문학에 세상에 없던 새로운 가치를 축복처럼 선물했으니까 말입니다.

용케 꿈 하나가 아직 남아 있네요.
떨리는 가슴을 가누며 들여다봅니다.
몸속 세포 하나하나가 기쁨에 소리치는군요.
꿈의 포장지를 벗겨봅니다.
양파처럼 벗기고 또 벗기고, 그러나 종내에는 빈 허공만 차 버리는 황당함이라니....
후후후 그러나 꿈이 있어 잠깐 행복했습니다. 이것이 인생!

💡 **착한 이를 대할 때는 너그러워야 하고, 악한 이를 대할 때는 엄해야 합니다.**
일반인을 대할 때는 너그러움과 엄함을 아울러 지니고 대해야 합니다. 〈채근담〉

💡 큰 나라는 작은 나라에게 자신을 낮춤으로써 작은 나라를 취하고,
작은 나라는 큰 나라에게 자신을 낮춤으로써 큰 나라를 취합니다.

〈도덕경〉

💡 진정 안다는 것은 인식이 아니라 깨달음입니다.
깨달음은 단순한 지식이 아니라, 실천하는 앎이기 때문이지요.
철학은 지식이 아니라 깨달음입니다.
그러므로 〈한국 철학〉은 한국인이 어제오늘 몸으로 보여주는 실천
깨달음입니다.

💡 일을 만들면 일이 생기고, 일을 덜면 일이 줄어듭니다. 〈명심보감〉

'풍류'는 한국 사상의 핵심 가치입니다. 처음 고운 최치원 선생이
'난랑비서문'에서 '현묘한 도'로 '풍류도'를 언급했었죠. 문헌에는 삼국
사기 '진흥왕조'에 '풍류'라는 용어가 화랑도의 기원으로 처음 등장합니
다. '풍류'는 한국 사상의 본질과 현상을 함축하는 핵심어입니다. 이것
은 전통 신앙인 무속을 기반으로 하여 한국인의 정신세계에 깃들어 함
께하다가 조선말에 한국 종교 〈동학〉을 창시하기에 이릅니다.

우리 고유의 '풍류'는 오늘날 세계적인 K 한류 열풍의 진정한 원천
입니다.

💡 상대방을 이겼을 때 자제할 수 있다면, 이는 두 가지를 정복한 것입

니다. 〈오비디우스〉

💡 늙어서 생기는 병은 모두 젊었을 때 불러들인 것입니다.
쇠락에 따른 재앙은 모두 번성할 때 조성한 것입니다.
군자가 한창 득의했을 때 더욱 두려워하는 이유입니다. 〈채근담〉
오늘의 책임을 피함으로써 내일의 책임을 피할 수는 없습니다. 〈에이
브러햄 링컨〉

'성공도 버릇이다'라는 말이 있습니다.
작은 성공이라도 자주 맛보는 게 좋다는 뜻이죠.
한 번 성공해 본 사람이 다시 도전할 수 있고 다시 성공할 수 있
어요.
그런 만큼 작은 성공을 위해서도 최선을 다해야 합니다.
작은 성공은 큰 성공의 밑거름이 되니까요.
그래요, 성공할 수 있는 것들을 만들어 매일 실천하는 게 좋습니다.

💡 망령된 사람과 더불어 시비나 진위나 선악을 분별하느니
차라리 얼음물 한 사발을 마시는 것이 낫습니다. 〈이덕무〉

💡 인재 기용의 비결은 사람의 단점을 줄이는 데 있지 않고,
그 사람의 장점을 어떻게 발굴하느냐에 달려 있습니다.
〈피터 드러커〉

💡 **이성이 감성을 지배할 수 있는 능력이 바로 '절제'입니다. 〈새뮤얼 존슨〉**

공부에 생활을 빼앗겨버린 아이들은, 생명에 대한 예의와 어른에 대한 존경심도 빼앗겨버렸습니다. 한반도에 동방무례지국이 바야흐로 탄생하고 말았습니다.

아이들의 일상을 오직 공부, 공부 공부로 몰아가는 것은, 오래전에 발병한 우리의 치명적인 망국병이 맞다마다요.

💡 **멀어져가는 가을의 발걸음을, 낙엽이 뒤쫓아 가고 있네요.**
소슬바람을 뒷배 삼아 아마도 둘이 사랑하나 봐요.

💡 **내게는 세 가지 보물이 있으니, 나는 그것을 잘 간직하고 있습니다.**
하나는 자비이고, 둘은 검소함이고,
셋은 감히 천하에 나서지 않는다는 것입니다. 〈도덕경〉

깨달음은 혼자 나타나지 않습니다.
어떤 깨달음은 기쁨을 몰고 나타나고,
어떤 깨달음은 슬픔을 몰고 나타납니다.
깨달음은 정녕코 이성이 아니라 감성에 더 가깝습니다.

💡 **진정한 의사는 돈을 버는 사람이 아니라, 인체를 지배하는 사람입니다. 〈플라톤〉**

1등 인생보다 멋진 게 〈일류 인생〉입니다.

1등은 남을 이기는 것이고, 일류는 자신을 이기는 것입니다.

자신을 이기면 날이 날마다 새롭습니다.

자신이 늘 새로워집니다. 이게 바로 일류 인생입니다.

당구만 잘하는 것보다 자기 인생을 잘 만들어야 합니다.
살아있는 동안 좋은 일을 많이 하는 게 진짜 행복한 일입니다. 〈스롱
피아비〉

잘 자라기 위해서는 밤이 필요합니다.

지금 마음이 어둡다면 지금을 밤이라고 생각하십시오.

성장에는 낮보다 밤이 더 중요합니다.

모든 생물에겐 기다림의 시간, 밤이 꼭 필요합니다.

당신과 내가 만나지 못하고 있는 지금이, 나에게는 밤과 마찬가지
입니다.

당신을 언제나 생각하듯이, 나는 밝은 낮을 사랑하고 또 그만큼 어
두운 밤을 사랑합니다.

책임감이 있는 사람은 무슨 대단한 사람이 아니라, 고통을 맛본 사람
입니다. 〈도코 도시오〉

밝은 거울은 모양을 살피는 것이고, 지나간 일은 지금을 아는 것입니

다. 〈명심보감〉

효도는 흉내만 내어도 아름답고 부모 구존한 이는 지금 어쨌든 효자입니다.

유구무언. 저는 부모님이 다 돌아가셨지요. 불효자는 웁니다. 곁에 없는 부모님 때문에 웁니다. 아무 할 것이 없어 웁니다. 하늘 보고 웁니다. 구름 보고 웁니다. 먼 산 보고 웁니다.

불효자는 웁니다. 불효자는 눈물이 밥입니다.

하루하루 눈물로 부모님께 인사를 드립니다.

💡 **'노자'는 영원히 마르지 않는 샘물처럼 값진 보물들로 가득 차 있어서, 두레박을 내리기만 하면 그 보물들을 쉽게 얻을 수 있습니다.**
〈프리드리히 니체〉

읽어보지 않은 동화와 같은 일들이, 언제라도 일어날 수 있는 게 이 세상입니다.

세상은 안개에 가려진 채, 제 모습을 다 보여주는 법이 없습니다.

그러므로 이럴 때 명쾌한 자기 철학이 내비게이션 역할을 합니다.

자기 철학이 바로 자신의 내비게이션입니다.

이 점에서 사람들은 누구나 개성 강한 철학자가 맞습니다.

💡 **모든 일이란 인정을 남겨두어야, 훗날에 좋은 얼굴로 만나게 됩니**

다. 〈명심보감〉

💡 세상은 가장 아름다운 환상과,
그것의 갑작스러운 멈춤이 공존하는 곳입니다.
까닭에 우리가 무엇이나 미리 걱정할 일이 아니고말고요.

💡 보기 어렵고 지극히 미묘하여
욕심에 따라 움직이는 마음을,
지혜로운 사람은 잘 지켜야 하나니,
지켜진 마음은 안락을 가져올 것입니다. 〈법구경〉

💡 잘 휜 뿔 활은 핑하고 튕겨지네
형제나 친척들은 서로 멀리하지 말아야지 〈시경〉

💡 한 조각 뜬구름이, 나와 다른 게 무엇인가요?
흘러가는 시냇물은 나와 또 어떻게 다른가요?
무심의 경지가 일체유심조(一切唯心造)의 세계일 테죠.

용암처럼 뜨거운 그것은 무엇? 바로 꿈을 생각합니다.
나와 동거하면서도 사랑의 신호를 제대로 전하지 않는, 그는 내게
무엇일까요.
젊은 시절의 꿈은 서슬 푸른 낫이었습니다.

빽빽이 늘어선 풀숲 세상을 헤치며 살아오는 동안, 사람들은 낫의 슴베를 잊어버립니다.

낫자루에 들어박혀 보이지 않는 힘(슴베)—가족과 주변 이웃들의 사랑—을 사람들은 가뭇하게 잊고 있습니다. 지금 사람들은 저마다 꿈의 강을 건너갑니다.

슴베가 있어 낫이 쓸모 있음을 알지 못한 채로.

💡 자신을 희생하기로 작정했으면, 그 일에 의심을 품지 마십시오.
의심을 품으면 자신을 희생코자 한 의지가 크게 부끄러워집니다.
남에게 은혜를 베풀기로 작정했으면, 그에 대한 보답을 구하지 마십시오.
보답을 구하면 앞서 베푼 때의 마음까지 모두 그릇된 것이 됩니다.
〈채근담〉

💡 책 읽는 습관을 붙인다는 것은
인생의 거의 모든 불행으로부터 스스로를 지킬 피난처를 만드는 일입니다. 〈서머셋 모옴〉

계영배라는 술잔이 있습니다. 7부 이상 따르면 넘치게 되어 있습니다.

욕심도 마찬가지로 지나치면 해가 됩니다. 꽉 채우면 어리석습니다.

조금 비워두면 넉넉합니다. 사람은 약간 허술해야, 늘품이 보이고 따스하고 매력적이죠.

허술해야 인간미가 있고 넉넉합니다.

💡 **인류가 자연 선택을 통해 진화한다면,**
우리 (인간) 종은 신이 아니라 유전적 우연과 환경적 필연의 산물입니다. 〈에드워드 윌슨〉

인간의 삶에서 좌절이 없는 삶이란 불가능한 것입니다.

살면서 매 순간의 선택은, 바로 도전이고 새로움인 까닭입니다.

우리는 좌절을 두려워하는 딱 그만큼의 무게로 성공을 꿈꾸며 살아갑니다.

좌절은 고통스러운 아름다움입니다.

좌절은 쓰러져 그만두는 것이 아니라, 잠시 쉬는 것입니다.

💡 **형제를 나무에 비유하면, 같은 뿌리의 다른 가지입니다. 〈사자소학〉**

💡 **사람이 닭이나 개가 달아나면 찾을 줄 알면서,**
마음은 놓치고도 찾을 줄을 모릅니다.
공부란 별것이 아닙니다. 달아난 마음을 찾는 것일 뿐입니다. 〈맹자〉

천천히 살고 싶으세요?

여유 있게 살고 싶으세요?

방법이 있습니다. 책을 읽으면 돼요.

독서는 아무런 탈 것 없이, 자신의 힘으로 걷는 것이라고 할 수 있어요.

주변 풍경을 찬찬히 보아가며, 삶의 속도를 정리하면서, 쉬엄쉬엄 여유 있게 걸어가는 것 - 이것이 독서가 주는 가장 큰 즐거움이 아닐까요?

💡 **높은 낭떠러지를 보지 않으면 어찌 굴러떨어지는 근심을 알게 되며,**
깊은 연못에 가지 않으면 어찌 빠져 죽을 근심을 알게 되며,
큰 바다를 보지 않으면 어찌 거센 파도의 근심을 알게 되리오. 〈공자〉

💡 **형을 섬김에는 반드시 공손하게 하고,**
동생을 사랑함에는 친구같이 하십시오. 〈사자소학〉

💡 **이 세상의 가장 부드러운 것이 가장 단단한 것을 부리고,**
형체가 없는 것이야말로 조그만 틈도 없는 것들 속으로 들어갈 수 있습니다. 〈도덕경〉

💡 **감정이란 우리의 몸을 이롭게 하는 음식과도 같습니다.**
유쾌한 감정이 늘어나면 중립적인 감정들도 행복한 감정으로 바뀐다는 사실을 명심합시다. 〈틱낫한〉

약점이 있으므로 사랑받습니다.

자신의 약점을 미워하지 마십시오. 약점이야말로 발전의 원동력일 수가 있습니다.

사람은 누구나 약점이 있습니다. 자신의 약점을 사랑하십시오.

사람을 사랑하는 비결이 거기 있습니다.

자신을 사랑하는 사람이 진정 남을 사랑할 수 있으니까요.

💡 **자식이 효도하면 어버이가 즐겁고.**
집안이 화목하면 모든 일이 이루어집니다. 〈명심보감〉

💡 **희망은 절망 속에서 더욱 또렷해집니다.**
어둠 속에서 한 조각 빛이 제물로 환한 것처럼.

모든 아름다운 것들이, 절정을 넘어 가랑잎처럼 날려갑니다.

눈물방울 같은 가을 햇살이 맑고 환합니다.

속절없는 생을 애타 하면서 단풍이 더욱 붉어집니다.

💡 **세상에서 변하지 않는 유일한 진리는 바로**
이 세상에서 변하지 않는 것은 아무것도 없다는 것입니다. 〈조나단 스위프트〉

지혜와 지식은 다릅니다.

지식은 행동을 수반하지 않아요. 그러나 지혜에는 행동이 반드시 따릅니다.

지식과 지혜는 깊이가 다릅니다.

왜냐하면 지식에 실천이 따라야만, 그것이 마침내 지혜가 될 수 있으니까요.

💡 천하에 가장 용맹스러운 사람은 질 줄 아는 사람입니다.
　무슨 일에든지 남에게 지고 밟히고 하는 사람보다 더 높은 사람은 없습니다. 〈성철〉

💡 삶이 아름다운 것은 누군가를 사랑하기 때문이며,
　지금 가까이에서 함께 빛나는 사람이 있기 때문입니다.

💡 형제는 손발과 같고 부부는 의복과 같으니,
　의복이 해졌을 때는 새것으로 갈아입을 수 있지만,
　손발이 끊어진 곳은 잇기가 어렵습니다. 〈명심보감〉

지식은 자주 교만과 동무하며, 지혜는 겸손과 가까이 지냅니다.

가능하면 겸손과 친하게 지내려는데, 이런 고백조차 교만이라는 녀석이 혹여 질투할는지 모릅니다.

💡 아름드리나무도 털끝 만 한 것에서 자라났고,

아홉 층 누대도 흙을 쌓는 데에서 일어나며,
천 리를 가는 일도 발아래에서 시작됩니다. 〈도덕경〉

다시 돌아가고픈 어린 시절 그때를 생각하면, 가슴이 잠깐 먹먹해 집니다.

내성천 잔잔한 물결 같은 것이 기쁨인지 슬픔인지 쉴 새 없이 밀려 오고 밀려가고....

지나가 버린 것은 눈물겹도록 다 아름답습니다.

사랑의 본질은 주는 것입니다.

주는 것이 사랑입니다. 진정 어른은 사랑을 주는 자입니다.

💡 **우리는 인생의 가장 큰 정신적 은혜를**
책 속에서 얻고 있습니다. 〈에머슨〉

💡 **어떤 숭고한 목적 아래에서 일어나는 쉼 없는 작업은**
사람을 느릿느릿 행동하게 합니다.
그러나 틀림없이 성공을 거둘 것입니다. 〈아인슈타인〉

비가 내리는데 산에 올랐습니다.

망설임 끝에 그냥 산에 오르기로 했습니다.

비를 온몸으로 맞으며 산을 오르니, 뜻밖에도 신선한 즐거움이 있습니다.

맑은 날의 산행과는 전혀 다른 특별한 느낌으로 뭐랄까 구름 속을 둥둥 떠다닌다고 해야 할까요? 일부러라도 비 오는 날을 골라서, 산행길에 나서 볼 것을 권합니다.

잎새에 후두둑 떨어지는 빗소리가 달콤한 음악 소리 같더군요.

이때의 산행 동무는 누구라도 서로에게 애인입니다.

💡 강과 바다가 모든 골짜기 가운데 왕이 될 수 있었던 것은 그들이 자신을 잘 낮추었기 때문입니다. 〈도덕경〉

결혼 생활에서는 내가 행복하기 위해 노력할 게 아니라, 상대를 행복하게 해주면 나도 행복해진다고 생각하는 게 좋습니다. 가정생활이라는 것도 직장 생활 때처럼 자신의 정성과 노력이 들어가야 합니다. 부부간의 사랑조차 정성과 노력이 들어가야 합니다.

세상사 거저 되는 것은 아무것도 없습니다.

💡 오직 사랑[仁]을 실천하는 자만이 사람을 좋아할 자격이 있고, 사람을 미워할 자격이 있습니다. 〈공자〉

💡 일단 세상에 나가면 꼭 깊이 살펴야 할 점이 있습니다. '정도(正道)를 지키면 가로막는 일이 많고,

남들이 하는 대로 따라가면 제 몸을 버리게 된다'는 것입니다.
이것이 제일 어려운 점입니다. 〈퇴계〉

학창 시절에 방학이 끝나갈 때면, 시간이 얼마나 빨리 흘러가던지
요?

개학이 코앞에 닥쳐서 시간의 소중함이, 뼈에 사무쳐서 그런 것입
니다.

그리되면 시간이 더 빨리 흐를 수밖에 없겠죠. 마음의 작용 때문에.

'못된 놈'은 사람이 '되지 못한 놈'입니다.

즉 사람이 '못 된 놈'이 '못된 놈'입니다.

사람의 도리와 의리를 모르는 짐승 같은 인간을 일컫는 한국말입
니다.

💡 행복이란, 넘치는 것과 부족한 것의 중간쯤에 있는 간이역입니다.
사람들은 너무 빨리 지나치기 때문에 이 작은 역을 보지 못한 채 지
나가 버립니다. 〈플록〉

길이 따로 있지 않습니다. 내가 가는 곳이 길입니다.

지구는 둥글기 때문에 어느 쪽으로 가도 길이 있습니다.

내가 새로운 우주입니다. 내가 또 하나의 지구입니다.

💡 **어리석은 사람은 평생을 함께해도 정법을 모릅니다.**
　숟가락이 국 맛을 모르는 것처럼.
　지혜로운 사람은 어진 사람을 잠깐만 가까이해도 정법을 압니다.
　혀가 국 맛을 아는 것처럼. 〈법구경〉

　혼자 있을 때는 스스로 강해지고, 여럿이 있을 때는 함께 아름다워지는 사람이, 가장 멋진 사람입니다.

　자신을 잘 가꾸는 것이 고스란히 세상을 잘 가꾸는 것과 일맥상통합니다.

　스스로가 멋진 사람이 되게끔 매양 노력하면 어떨까요.

　행복 앞에서는 겸손해하십시오.

　그러나 불행 앞에서는 용감해져야 합니다.

　생의 이치는 오직 이것뿐입니다.

💡 **천지란 만물이 잠시 쉬었다가 가는 곳이고,**
　세월이란 끝없이 뒤를 이어 지나가는 나그네 같은 것입니다. 〈지셴린〉

　풀잎 그림자 속으로 빠르게 햇살이 굴러 들어가 풀잎 이슬이 햇빛으로 다시 태어납니다.

　찰나에 틈새가 춤을 추고 여백이 노래하고 자연의 황홀한 빛의 잔치가 시작되었습니다.

우리는 모두 하늘로부터 초대받은 하객들입니다.

오오, 놀라워라. 땅 나라의 아침 잔치여! 고마우신 하느님, 오늘 하루가 또 이렇게 열렸습니다.

💡 위대한 일을 할 수 있는 유일한 방법은
당신이 하는 일을 사랑하는 것입니다. 〈스티브 잡스〉

💡 군자는 밥을 먹는 짧은 시간에도 사랑의 실천을 포기해서는 안 되고,
잠깐이라도 이 원칙을 지키고, 넘어져 힘든 상황이라도
반드시 이 원칙을 지켜야 합니다. 〈공자〉

💡 예술가들은 공감의 방식을 통해,
자신과 사회의 행복 지수를 높이는 일에 발 벗고 나선 이들이 아닐까
합니다만.
이런 점에서 예술가들은 누구보다도 먼저, 자신 스스로가 행복해야
합니다.

💡 사람들의 잘못은 모두 자신이 속한 집단에서 기인합니다.
어떤 사람의 잘못을 보면 그 사람이 속한 집단이 사랑을 실천하는 집
단인지를 알게 됩니다. 〈공자〉

💡 긍정의 마음은 자기 몸에 뿌리는 향수와 같아서,

만나는 사람마다 향기를 전합니다.

행복도 경험하고 연습해야 합니다.
경험하지 못한 행복은, 관념이고 허위의식입니다.
행복은 지금부터 점차 키워가는 것이지,
먼 훗날 하늘에서 갑자기 뚝 떨어지는 선물이 아닙니다.

💡 군사가 강하기만 하면 이길 수 없고, 나무가 강하기만 하면 베어집니다.
강하고 큰 것은 아래에 자리하고, 부드럽고 약한 것은 위에 위치합
니다. 〈도덕경〉

과욕은 금물. 돈을 보고 지나치게 경쟁에 오르면 불타는 까마귀가
될 것이고, 돈을 보고도 욕심 없이 지나치면 몸과 마음 모두가 봉황이
될 것입니다.

💡 사람들이 옳다고 하는 것을 실천하고,
귀신을 공경하되 가까이하지 않는다면, 지혜롭다고 할 것입니다.
〈공자〉

💡 태어나면서부터 도를 아는 것을 생지(生知)라고 하고,
배운 뒤에야 비로소 아는 것을 학지(學知)라고 하고,
배워도 알지 못하고 경험을 쌓아서 비로소 아는 것을 인지(因知)라

고 합니다. 〈중용〉

💡 바다는 마르면 마침내 바닥을 볼 수 있으나,
  사람은 죽더라도 마음을 알 수 없습니다. 〈명심보감〉

지구라는 별, 꼬물거리며 온갖 것이 모여 있다
다들 벌레 같은 것들이다
우주의 눈으로 보면 올챙이나 쇠비름이나 사람이나 다 한가지다.
붉은 태양 그 너머 천억 개의 태양 또 뒤로 억만의 은하
아즐한(시적 허용-아득한) 절대의 시공간 다시 무량수의 은하 무리들
가늠할 길 없는 깊이로 우주가 흘러간다.

까마득한 날에 우연히 찾아온 지구라는 작은 별
아아 당신과 나의 기적 같은 만남 〈만남〉

신념이 너무 강하면 움직이기가 힘이 들지요.
마치 갑옷 입은 병사처럼 몸이 둔해집니다. 가볍게 살고 단순하게
사는 게 좋습니다.
왜냐하면 한 사람의 정신세계는 일생을 두고서 부단히 자리 이동을
하고, 제물로 모양을 자꾸 바꾸어가는 까닭입니다.

💡 홀로 피어 있는 꽃은, 무리 지어 살고 있는 가시나무를 부러워하지

않습니다. 〈타고르〉

💡 마음이 괴로울 때 늘 마음을 기쁘게 하는 정취를 찾아야 합니다.
득의했을 때 문득 실의의 아픔이 생겨납니다. 〈채근담〉

물 속의 달

눈물을 모르는 눈으로
진리를 볼 수 없고,
아픔을 겪어보지 않은 마음으로
사람을 알 수 없습니다.
〈쇼펜하우어〉

사람은 본능만으로 살 수 있는 존재가 아닙니다.

유전자 그대로는 살 수가 없지요. 사람은 항상 남모르게 노력해야 살 수 있습니다.

사회 속에서 그가 황조롱이로 살아갈지, 민들레로 살아갈지, 소나무로 살아갈지, 너구리로 살아갈지는 아무도 모릅니다.

그러나 자연 생태계의 그물망은 인간 사회에도 예외 없이 적용됩니다.

다만 인간 사회는 동물 세계를 벗어나려고 끊임없이 노력하는 것이 다를 뿐입니다.

이 집단적 노력을 사람들은 〈문화〉라는 이름으로 부릅니다.

사람의 일생이란 결국,

고유의 자기 문화를 창조하고 이를 꽃피우고 가꾸어가는 게 아닐까요?

💡 **눈물을 모르는 눈으로 진리를 볼 수 없고,**
아픔을 겪어보지 않은 마음으로 사람을 알 수 없습니다. 〈쇼펜하우어〉

무엇을 하든지 그 길에서 만족과 보람을 한 번씩 맛보는 게 필요합니다.

좌절과 아픔만 겪는다면, 그 길을 계속 가기가 힘들어지니까요.

작은 성공은 자신이 한 번씩 달여 먹는 보약입니다.

정 안 되면 숨 고르며 쉬엄쉬엄, 쉬기라도 자주 하는 게 좋습니다.

💡 **마지막을 처음과 같이 삼가면 실패하는 일이 없을 것입니다.** 〈도덕경〉

세상이 만든 기준에 집착하지 말기 바랍니다.

만들어진 세상을 살지 말고 내 세상을 내가 만들어 살아야 합니다.

내가 살아가는 세상이니까 내 세상이며, 거기서 삶의 기준은 내가 만들어 가는 것입니다.

💡 **승패는 마지막 5분 사이에 결정됩니다.**
가장 끝까지 남는 사람이 이길 수 있는 기회를 얻습니다. 〈나폴레옹〉

느리게 살아야 지혜가 따릅니다.

건성건성 빠르게 대충 훑어보는 것에서는 지혜가 생겨날 수가 없어요.

지혜를 길어내는 섬세한 사유는 느림의 샘터에서 만들어집니다.

지혜를 원한다면, 일부러라도 느리게 사는 구간을 수시로 만들어야 합니다.

💡 **하늘과 땅은 이 세상 만물의 큰 부모이므로**
인류는 나의 형제요, 만물은 나와 더불어 사는 이웃입니다. 〈퇴계〉

💡 **'삶'이란 온전히 실천이라는 것을 이해하기까지 긴 세월이 걸렸습니다.**

글쓰기, 운전, 양치, 침대 정리, 저녁 식사 준비, 개 산책시키기, 심지어 잠자기까지도.

우리는 언제나 실천합니다. 오로지 실천뿐입니다. 〈대니 샤피로〉

진시황이 49세에 졸하였습니다.

나이 50을 넘기지 못했으니, 그는 아마도 지천명(知天命)을 몰랐을 것입니다. 애타게 장수를 바랐지만, 죽은 후에야 그는 비로소 불로장생이 되었습니다.

집중의 시간을 가지십시오. 무언가에 집중해서 시간을 쓴다는 건, 황홀한 즐거움입니다.

이것이야말로 자유로운 영혼이 누리는, 한 뼘 인생지락이 아닐 수 없습니다.

💡 원수를 용서해보지 않는 자는 인생의 가장 숭고한 즐거움을 맛보지 못한 사람입니다. 〈즈카스파 리바레르〉

💡 군자가 어질지 못한 행동을 하는 경우는 있어도, 소인이 어진 행동을 하는 경우는 없습니다. 〈공자〉

💡 눈물 젖은 빵을 먹어보지 않은 사람과는 인생을 논하지 마십시오.
〈괴테〉

💡 허물은 남과 같이할지언정 공덕은 같이 하지 마십시오.
공덕을 같이하면 서로 시기하기 때문입니다.
환난은 남과 같이할지언정 안락은 같이하지 마십시오.
안락을 같이하면 서로 원수처럼 싸우기 때문입니다. 〈채근담〉

💡 책은 인생이라는 험한 바다를 항해하는 데에 도움이 되도록
남들이 마련해준 나침반이요 망원경이요 지도입니다. 〈아놀드 베네트〉

　미국에서는 출산 직후, 산모에게 시원한 오렌지 주스나 팥빙수를 준다고 합니다.

　땀을 많이 흘렸으니까 그렇다고 합니다. 합리적이기는 해도 우리와는 너무 다르군요.

　한국에서는 뜨거운 미역국을 먹는데 말이죠. 이런 게 바로 결정적인 문화의 차이입니다.

　나라마다 고유한, 자기 결정적인 문화의 결이 있습니다. 원래 지닌 문화의 결을 거스르고 뒤집는 게 문화 혁명입니다. 근대 이후 우리나라는 해마다 날마다 문화 혁명을 겪는 중이지요. 까닭에 고유의 우리 문화를, 지금은 불행하게도 우리 자신이 너무 모릅니다.

💡 천하에 물보다 부드럽고 약한 것은 없습니다.
그러나 굳세고 강한 것을 이길 수 있는 힘으로 물보다 좋은 것은 없습니다.

물은 그것을 무엇으로도 바꿀(대체) 수 없기 때문입니다. 〈도덕경〉

💡 남의 작은 허물을 꾸짖지 말고, 남의 비밀을 들추어내지 말고,
남의 지나간 잘못을 생각지 마십시오.
이 세 가지는 덕을 기르고 해를 멀리하는 방안입니다. 〈채근담〉

💡 가을 산의 단풍에는 여름의 미소가 풍경으로 스며 있습니다.
알록달록 단풍은 초록 잎새의 파안대소라고나 할까요?

홍익인간은 인류 구원의 영웅입니다.
사람은 누구나 홍익인간임을 스스로 알아야 합니다.
홍익인간(널리 세상을 이롭게 함) 정신은 인류 하나하나를, 세계를 구원하는 슈퍼맨으로 거듭나게 하는 지구 유일의 종교 지침이 됩니다.

💡 우리의 인생을 반성해볼 때, 우리의 약점인 나약함과 비루함은 모두 우리가 나약하고 비루하다고 멸시한 사람들에게서 되돌려 받은 것입니다. 〈찰스 디킨스〉

어항 속을 유영하는 금붕어를 봅니다.
금빛 찬란한 자태와 기품 있는 유영—그는 먼 옛날에 용궁의 지체 높은 귀족이었을까요? 제 아름다움을 제가 보지 못하는 안타까움이 어항 안에 잔물결로 퍼져 갑니다.

금어(金魚)의 슬픈 노래가 살랑거리며 유리 어항을 울리는군요.

💡 **최고의 선은 물과 같습니다. (上善若水 상선약수)**
물은 만물을 이롭게 하면서도 다투지 않으며,
뭇 사람이 싫어하는 곳에 거처합니다.
그러므로 도에 가깝습니다. 〈도덕경〉

💡 **물질은 때가 되면 다 떨어지지만, 정신은 쓰면 쓸수록 다시 생깁니다. 〈앙리 베르그송〉**

창 너머 구름이 보입니다.
얼룩진 유리창 때문에 창 너머 흰 구름에도 때가 묻었군요.
창문을 활짝 열고 보니 파아란 하늘이 더없이 맑고 깨끗하네요.
아아 유리창이 내 마음이란 걸 알았습니다.
얼룩을 제때 지워야 세상이 깨끔해지겠지요.
마음의 눈을 뜨고 창 너머를 다시 봅니다.

💡 **참으로 중요한 일을 하고 있는 사람은 누구나 항상 단순합니다.**
왜냐하면 쓸데없는 일을 생각할 겨를이 없기 때문입니다. 〈톨스토이〉

기술 없는 예술은 허무하며, 예술 없는 기술은 감동이 없습니다. 자연은 그대로가 기술이고 예술이고 감동입니다마는, 대자연은 인간이 지구에 등장하기 훨씬 이전부터 가장 위대한 창조주이며 예술가로 존재해 왔습니다. 지금도 역시 그러합니다.

💡 **마음을 비우면 자연히 본성이 나타납니다.**
마음을 쉬게 하지도 않은 채 본성만 찾는 것은,
마치 물결을 헤치며 물속에서 달을 찾는 것과 같습니다.
뜻이 정갈하면 자연히 마음이 맑아집니다. 〈채근담〉

엄밀히 말해 직업이란 자기 인생 시간을 파는 행위입니다.
시간이 곧 삶이니까 직업은 자기 인생을 바치는 일이지요.
직업의 중요성이 바로 여기에 있습니다.
직업 생활은 한마디로 자기 인생 시간을 몽땅 다 바치는 것입니다.
그런 까닭에 좋은 직업이란, 자기한테 잘 맞는 일을 평생을 두고 하는 걸 말합니다.

💡 **너무 고와 빨리 지는 것은 담박하여 오래가는 것만 못하고,**
일찍 빼어난 것은 늦게 완성되는 것만 못합니다. 〈채근담〉

💡 **옛것을 되살려 새롭게 깨닫는다면,**
그것으로 스승을 삼을 수 있습니다.
(溫故而知新 可以爲師矣 온고이지신 가이위사의) 〈공자〉

💡한 가지 이로운 일이 일어나면 곧 한 가지 해로운 일이 생기게 마련입니다.

천하는 늘 무사한 것으로 복을 삼습니다. 〈채근담〉

💡성인의 가르침이라 할지라도 종교 이론은 공허한 것입니다. 그것은 내게 있어 진정한 앎이 될 수 없습니다. 진정한 앎이란 몸소 체험하는 것. 이것만이 참으로 자기의 것이 될 수 있고 나를 이룹니다. 〈법정〉

미리 앞당겨서 고민하고 불안해하는 게 스트레스의 정체입니다.

닥치면 어느 쪽으로든 갈 수 있습니다.

정작 현실이 되었을 때, 때에 맞추어 행동해도 늦지 않습니다.

보는 걸 좋아하면 지식이 늘어나고, 듣는 걸 좋아하면 지혜가 생겨납니다.

서양은 전통적으로 보는 걸 좋아하고 동양은 듣는 걸 선호했습니다.

그래서 귀가 큰 사람을 동양에서는 지혜로운 이로 숭상했지만,

서양에서는 바보, 멍청이로 놀렸습니다.

오늘날 사람들이 남의 말은 잘 안 듣고, 자기 말만 쏟아내느라 바쁩니다.

현대 문명 시대에 지혜로운 이들이 자꾸 사라지는 이유가 여기에 있지 않을까요?

💡 수명의 장단에 의혹을 품지 않고
오직 자아의 닦음 속에서 죽음을 맞이하는 것이,
천명을 확립하는 길입니다. 〈맹자〉

💡 공부는 습(習)이 중요합니다. 습(習)은 어린 새가 날개를 치며 날아오
르는 연습을, 반복적으로 하는 것을 본뜬 글자입니다. 날개가 있다
고 다 날 수 있는 것은 아닙니다.

💡 물고기는 물을 얻어 헤엄을 치지만 물을 잊고,
새는 바람을 타고 날지만 바람을 의식하지 못합니다. 〈채근담〉

💡 배움은 날마다 채우는 것이며,
도를 닦는 것은 날마다 비우는 것입니다. 〈노자〉

살아가는 길은 나이와 관계없이 모두 처음 가는 길이니,
아프지 말고 조심조심 천천히 가요.
인생길은 어느 때나 나이 불문하고 모두가 초보 운전입니다.

사과 속의 씨앗은 셀 수 있어도 씨앗 속의 사과는 셀 수 없습니다.
무엇이나 겉만 봐서는 안 됩니다. 가능성을 들여다봐야 합니다.
이를테면 과실은 결과이고 씨앗은 가능성입니다.

💡 다른 사람을 헤아려보려거든 먼저 반드시 스스로를 헤아리십시오.
다른 사람을 해치는 말은 도리어 스스로를 해치는 것이니,
피를 머금어 다른 사람에게 뿜으려 하면 먼저 자신의 입을 더럽히는
법입니다. 〈명심보감〉

생활의 무게에 짓눌리지 않고 살아갈 수 있는 몇 년이 주어진다면,
나는 먼 여행을 떠날 것입니다. 물론 연인과 함께라면 더욱 좋겠죠.
음악처럼 구름처럼 나란히 흐르다가,
가문 어느 날 봄비가 되어 축복처럼 다시 이곳으로 돌아오고 싶습
니다.

💡 일할 때 급히 서둘러도 밝혀지지 않던 것이,
여유를 가지면 절로 밝혀지는 수가 있습니다.
조급히 서둘러 화를 자초하지 말아야 하는 이유입니다. 〈채근담〉

아름다운 저녁노을은 잠깐만에 어둠으로 변하고, 마음을 차분히 씻
어주던 물소리도 자리에서 일어나자 사라져버립니다.
그러할 때 도심 속 우리는 어떡하면 좋을까요?
밝은 햇살을 보듯이 눈앞의 사람을 부시게 바라보고, 도시 문명의
소음은 흐르는 물소리로 여겨 이윽히 즐기는 게 어떨까요.

💡 인간의 생명력은 '정직'입니다.

정직하지 않은 사람이 살아 있다면, 운이 좋아 죽음을 면한 것입니다. 〈공자〉

단단한 자아 정체성이 행복감의 근원입니다.

행복은 출세나 성공이 아니라, 오직 자아에서 오고 자아 정체성에서 나와요.

자아가 단단하면 타자로부터 휘둘리지 않고 사회적 잣대에 휩쓸리지 않아요.

자기를 사랑하고 자기를 존중하는 마음이 행복의 첫째 조건입니다.

💡 사직을 하려거든 반드시 전성기 때 물러나야 합니다.
몸을 편히 두려거든 의당 홀로 뒤처진 곳에 두어야 합니다. 〈채근담〉

꿈의 상자 뚜껑을 열어봅니다.

갑자기 쏟아져 들어온 햇빛에 놀라서일까요,

갇혀 있던 꿈들이 탄력 좋은 고무공처럼 튀어 오릅니다.

상자 뚜껑을 이내 닫았지만, 고무공들은 이미 가뭇없이 달아나 버리고 말았습니다.

꿈들은 삽시간에 빛나는 햇빛 속으로 사라졌습니다.

지금 내 앞에는 햇빛 가득한 누리가 있을 뿐. 나는 하느님께 약속합니다.

"언제든 밝은 마음으로 세상을 살겠습니다."

💡 물속 깊이 있는 고기와 하늘 높이 떠다니는 기러기는 높은 데 있는
것은 쏘고 낮은 데 있는 것은 낚을 수 있지만, 오직 사람의 마음은 지
척 간에 있어도 지척 간의 마음은 헤아릴 수 없습니다. 〈명심보감〉

💡 인생길은 쓸쓸하지 않도록 나에게 동행하는 친구를 주었고,
행여나 춥지 않도록 가족이라는 포근한 이불을 주었습니다.

💡 가난과 소외와 근심이,
그대를 옥과도 같이 아름답게 성취시켜 줄 것입니다. 〈퇴계〉

생존 능력은 물론이고 생활 능력조차 여자가 더 우수합니다.
여자는 남자 없이 혼자서도 잘 살아내지만,
남자는 여자 없이 혼자 살아내기를 힘들어합니다.
남자는 여자의 도움으로 평생을 살아갑니다.
남자들이여, 여자를 더욱 사랑하고 더욱 존중하기를 바랍니다.

💡 서른 개의 바큇살이 하나의 바퀴통을 함께 이룹니다.
바퀴통의 빈 공간 때문에 수레는 쓸모 있게 됩니다. 〈도덕경〉

💡 마음은 편할지언정 몸은 수고롭게 하지 않을 수 없습니다.
도는 즐거울지언정 몸가짐은 걱정하지 않을 수 없습니다.
몸이 수고롭지 않으면 게을러서 쉽게 망가지고,

몸가짐에 걱정이 없으면 방종이 지나쳐 안정되지 못합니다.
그러므로 편안함은 수고로움에서 생겨 항상 기쁠 수 있고,
즐거움은 근심에서 생겨나니 싫증이 없게 됩니다. 〈명심보감〉

💡 모기가 일제히 덤벼든다면. 아무리 큰 코끼리라도 정복당할 것입니다. 〈사디〉

💡 글을 쓰십시오. 책을 쓰십시오.
살아생전에 글과 책을 남긴다면, 삶 자체가 영원한 부활입니다.

💡 배불리 먹은 뒤 음식을 생각하면 진하고 담담한 맛의 경계가 사라집니다.
색욕을 만족시킨 뒤 남녀의 일을 생각하면, 남과 여의 구분이 사라집니다.
늘 사후의 뉘우침으로 일에 임했을 때의 어리석음을 깨뜨리면,
성정이 바로잡혀 행동에 그릇됨이 없을 것입니다. 〈채근담〉

나의 재산 1호는 내 몸이며, 내 몸뚱이는 조상이 건네준 생동한 문화유산입니다.

내 몸으로 내 인생을 내가 살아요. 누구도 대신할 수 없는 내 몸이기에 누구도 대신할 수 없는 내 인생을, 내가 스스로 힘껏 살게 됩니다.

💡 어제는 지나가 버린 가짜이고, 오늘은 있는 그대로의 진짜입니다.
바로 오늘, 오늘에야 나는 진정으로 살아 있습니다.

교육은 심리적 안정과 행복감이 굉장히 중요해요. 단순한 지식 전달은 삼류 교육이지요.

치열한 경쟁 사회인 오늘에는 더욱 그렇고말고요.

그런 까닭에 지식 교육이 인성 교육으로 전이되지 않으면, 제도권 교육이 오히려 사회적으로 해롭다고 할 수 있습니다.

사람 되라는 공부 – 한국식 전통 교육의 고갱이를 살려야 합니다.

💡 아무리 약한 사람이라도 단 하나의 목적에 자신의 온 힘을 집중하면,
무엇인가 성취할 수 있습니다. 반면에 아무리 강한 사람이라도
그의 힘을 많은 목적에 분산하면, 어떤 것이나 성취할 수 없습니다.

〈칼라일〉

무지개 다리

옥은 다듬지 않으면
그릇이 되지 못하고,
사람은 배우지 않으면 도리를
알지 못합니다.
〈공자〉

시퍼렇게 날 선 추위와 짙은 어둠에 물어뜯기던 공포의 밤은 지나 갔습니다.

텐트와 짐 나부랭이를 정리하며, 아이들과 나는 모두 한 가지 생각에 골몰합니다.

보람은 있었지만, 고생은 장난이 아니었다고 말입니다.

하기야 먼 옛날 홍길동 장군이 우리에게 몸소 보여주었지요.

'사람은 집 떠나면 개고생 한다.'라고 말이죠.

💡 **차의 향기를 귀로 듣는 경지를 문향(聞香)이라고 합니다.**
눈을 열고 귀를 열고 가슴을 열어 세상의 향기를 들으소서.
생활 속에서 차 한 잔 마시는 여유를 꼭 찾기 바랍니다.

가슴 뛰게 하는 게 지금 가까이에 있습니까?

사람이든 일이든 물건이든 간에, 첫사랑에 빠진 것처럼 어느 한순간 설렐 수 있다면 행복합니다. 좋은 책 한 권, 좋아하는 한 사람, 좋은 취미 하나가 세상을 아름답게 만들어줍니다.

오래전부터 내게도 가슴 뛰게 하는 것이 생겼습니다.

지금껏 진행 중인 그것은 바로 (   )입니다.

괄호 부분은 본인 스스로 직접 답을 써넣기를 바랍니다.

없으면 나중에 애인( )을 만든 후에 다시 이 자리로 돌아오십시오.

하늘 머리에 화관족두리를 얹은 듯한 아름다운 날입니다.

어제에 비한다면 오늘은 세상천지가 마치 '구름을 벗어난 달' 같습니다.

💡 공부란 배 거슬러 노 젓기와도 같은 것
한 번이라도 노를 늦추면 이내 뒤로 밀려나리라 〈김인후〉

사계절 푸른 소나무에게 울긋불긋 변심한 나무들이 존경의 눈빛을 보내고 있군요.
한 움큼 남은 가을 햇살에 솔잎들이 환한 웃음을 짓습니다.

마음을 어리게 먹고 순진하게 먹고 어리석게 먹으면 젊어진다 했으니, 가다가 유치할망정 신명 나고 재미있게 벗님들과 얼쑤 절쑤 놀아 볼 일입니다.

💡 남들이 의심한다고 자신의 견해를 굽히지도 말고,
자신의 의견만 고집해 남의 말을 막지도 마십시오. 〈채근담〉

오늘 우리 사회에서 돈은 마치 아귀 같습니다.
무엇이든지 다 먹어 치우지요. 양심도, 예의도, 인간미도... 아귀란 놈이 목구멍은 바늘구멍만 한데, 몸집은 수미산 같습니다. 업보로 그렇게 태어나는 것이지요.
까닭에 아귀는 먹고 또 먹고 아무리 많이 먹어도 늘 배가 고플 수밖에요.

그는 절대 만족할 줄 모르며, 먹기를 결단코 그만두지 않습니다.

그는 지금 한국 사회를 지배하는 괴물입니다.

돈 때문에, 그놈의 이익 때문에 인간에 대한 예의가, 생명에 대한 양심이, 공정과 상식과 염치와 인간미가 빛의 속도로 무너지고 있습니다.

아아 슬프고 안타까운 일입니다.

마음으로부터 꽃이 피기도 하고 지기도 하고, 마음으로부터 햇살이 들기도 하고 어두워지기도 합니다. 마음은 어쩌면 모든 끝과 시작의 열쇠인 걸까요. 마음은 우주의 예술가입니다.

💡 용서란, 제비꽃이 자신을 밟고 간 발뒤꿈치에 묻혀놓은 향기입니다.
〈마크 트웨인〉

💡 옥은 다듬지 않으면 그릇이 되지 못하고,
　 사람은 배우지 않으면 도리를 알지 못합니다. 〈공자〉

💡 작은 일에도 소홀하거나 간과하지 않고,
　 남이 보지 않는 곳에서도 속이거나 숨기지 않고,
　 궁지에 몰려도 나태하거나 방탕하지 않아야 합니다.
　 그런 자야말로 진정한 영웅입니다. 〈채근담〉

인간은 정신이 몸보다 앞섭니다.

인간다움이 이것이죠. 정신이 늙지 않은 사람은 늙은 사람이 아닙니다.

남이 나를 알아주는 것으로, 혹은 나를 몰라주는 것으로 내 삶이 좌우될 수는 없습니다.

나 자신 부끄럽지 않게 사는 것으로 훌륭합니다.

나의 아름다운 인생은 이것으로 충분합니다.

💡 **우리를 시험에 들게 하지 마시옵고,**

다만 악에서 구하시옵소서. 〈바이블〉

💡 **하늘과 땅은 넓고 오래되었습니다.**

하늘과 땅이 넓고 오래갈 수 있는 것은 그들이 스스로 애써 살려고

하지 않아서이며,

이런 까닭에 오래 살 수 있습니다. 〈도덕경〉

💡 **내가 두 팔을 활짝 펼쳐도 하늘을 조금도 날 수 없지만**

날 수 있는 작은 새는 나처럼 땅 위를 빨리 달리지 못해

내가 몸을 흔들어도 고운 소리는 낼 수 없지만

저 울리는 방울은 나처럼 많은 노래를 알지 못해

방울과 작은 새 그리고 나

모두 다르지만, 모두 좋다 〈나와 작은 새와 방울과-가네코 미스즈〉

💡 **진기한 것에 놀라고 이상한 것을 좋아하는 자는 원대한 식견이 없는 탓이고, 괴롭게 절개를 지키며 홀로 외롭게 행하는 자는 항구적인 지조가 없습니다.** 〈채근담〉

지금 우리 사회의 제일 큰 문제는 무엇일까요?

'나만 살면 돼. 알 게 뭐야? 나랑 상관없어.' 바로 이런 생각이 아닐까요? '무관심' 말이죠.

그러나 세상은 거미줄처럼 얽혀 있으며, 관계의 그물망 안에서 모두(인간과 자연의 관계 포함)가 밀접하게 연결되어 있어요.

까닭에 이웃이 행복해야 나도 행복합니다. 자연이 행복해야 우리도 행복합니다.

이웃은 '우리'라는 울타리 속에 들어 있는 우주의 대가족입니다.

우리가 가족을 사랑하는 마음으로 이웃을 대하면 어떨까요?

💡 **인생이 눈물의 골짜기라면,**
무지개로 다리가 놓일 때까지 힘껏 웃으십시오. 〈라르콤〉

습관이 인격을 만듭니다. 습관은 운동으로 치면 연습과 같은 것이지요.

그래 연습을 많이 하면 운동을 잘하게 되는 것과 같이 인격은 마음의 수준이라고 할 수 있습니다. 높은 인격은 틈나는 대로 연습하는 데 달려 있어요.

언제든 인사를 잘하고, 예의를 잘 갖추고, 경우에 맞게 처신하면, 인격이 저절로 고상해져요. 사람 자체가 격조 높고 우아해집니다.

인격이 훌륭한 사람이 최상의 실력자이고 그는 세상 누구보다도 가장 매력적인 사람입니다.

💡 남을 이긴 이는 힘이 있는 것이지만, 자신을 이긴 사람은 강한 것입니다. 〈도덕경〉

💡 급작스런 역경과 곤궁은 호걸을 단련시키는 용광로와 망치입니다. 그 단련을 모두 이겨내면 심신 모두 이롭고, 그렇지 못하면 심신 모두 해롭습니다. 〈채근담〉

누구나 100% 동의하는 가장 이상적인 사람은 없습니다.
그런 까닭에 누구나 동의하는 100% 이상적인 신은 없습니다.
세상사 모든 것들이 다종다양한 사람이 얽힌 일이기에...

💡 높고 평평한 땅에 움막을 이룩하니
어진 이 숨어 사는 마음은 한가롭네.
혼자 자다 깨어도 그대로 누워
이 즐거움 남에게 얘기 않겠다, 언제나 다짐하네. 〈시경〉

풍등은 지상을 떠나 고요히 밤하늘로 올라갑니다.

천천히 바람을 타고 풍등은 까마득히 먼 곳으로 날아올라서 뭇 별들과 어깨동무를 하데요.

우리는 오래오래 풍등을 바라보며 가슴 한편에 그 영상을 돋을새김으로 간직해두었지요.

소망과 함께 아스라이 한 점 별이 되어버린 풍등. 나는 눈빛을 거두고 다시 두 손을 모아,

내가 아는 모든 이의 안녕과 건강을 빌어 드렸습니다.

💡 **춤추는 별을 낳으려면, 마음속에 혼돈을 품고 있어야 합니다.** 〈프리드리히 니체〉

💡 **부유하다고 친하지 않으며 가난하다고 멀리하지 않음은,**
이것이 바로 사람 가운데 대장부이고,
부유해서 찾아오고 가난해서 물러남은, 이것이 바로 사람 가운데서
소인배입니다. 〈소동파〉

짐짓 면전에서 저공 비행하는 단풍잎들이 아름답군요.

그리움으로 채색되는 짧은 가을날, 마음의 부자가 따로 없습니다.

아름다움에 넋을 놓는 시간이 많아집니다. 행복합니다.

계절만큼 인생의 다채로운 변화와, 살아 있는 것들의 유한한 슬픔과, 시간의 아름다운 한계를 보여주는 것이 또 있을까요? 가을이 내

곁을 지나갑니다.

💡 **언어는 존재의 집입니다.** 〈하이데거〉

💡 **걷는 것은 몸으로 사색하는 것이고, 사색하는 것은 머리로 걷는 것과
같습니다.**

💡 **착한 사람은 히말라야의 산과 같이
멀리 있어도 밝게 빛납니다.
악한 사람은 어두운 밤의 화살과 같이
가까이 있어도 보이지 않습니다.** 〈법구경〉

길 위에 뒹구는 빨간 단풍잎 하나가, 아름다운 미소를 전할 수 있습
니다.
마음을 잘 먹으면 알게 되지요. 이런 작은 즐거움이 인생에서 가장
큰 행복입니다.

비움과 소통

누가 황하를 넓다고 했나
한 개의 갈대로도 건널 수 있는 것을
누가 송나라 멀다고 했나
발돋움만 해도 바라볼 수 있는 것을
〈시경〉

'문학(文學)'이라는 말의 출처는 어디? 유교 경전 사서삼경에 '문학'이라는 말이 처음 나와요. 그런데 이때의 '문학'은 오늘처럼 'Literature'나 '문예(文藝)' 또는 '문학예술'을 가리킨 게 아니었어요. 여기 '문학'은 놀랍게도 특정한 어떤 '사람'을 일렀는데요, '시서와 예악에 학식이 있고 그것을 언어로써 능히 풀 수 있는 사람'을 가리켜 '문학'이라고 했습니다. '문학'은 이처럼 맨 처음에 '사람'을 뜻했는데, 그래서 한반도에 중국 한문학이 들어오던 삼국시대와 남북국 시대(신라, 발해)에 '문학'이라는 벼슬을 가진 지식인이 우리 땅에 나타나기 시작합니다. 한국 한문학의 비조로 추앙받는 고운 최치원 선생은 '학사', '한림학사'라는 벼슬자리로 문학 활동을 펼쳐 나갔습니다. 그리고 한국 역사에서 '문학(학문)'을 담당하는 '학사' 벼슬은 고려 시대가 되자 병자호란 전화 중에 〈3 학사―홍익한, 윤집, 오달제―의 순국〉이라는 역사적 사건으로 이름을 크게 남겼지요. 또 고려의 벼슬자리로 '정당문학(政堂文學)', '참문학(參文學)' 등이 있었는데, 이는 오늘날 학문(문학)을 담당하는 자리였습니다. 가까이 조선 시대 퇴계 선생은 41세 때 세자를 가르치는 '세자시강원문학(世子侍講院文學)'이라는 벼슬을 역임한 바가 있습니다.

없음은 천지의 시작을 일컬으며, 있음은 만물의 어머니를 일컫습니다.
그러므로 항상 없음은 그 미묘함을 보고자 하는 것이요,
항상 있음은 그 움직임을 보고자 하는 것입니다. 〈도덕경〉

💡 소슬히 비 내리는 산중에 꿈에서 깨어나니
   창밖에 꿩 우는 소리 홀연히 들려오네.
   세상만사 모든 생각 다 사라지고
   다만 마음 한 점 맑게 떠오르네. 〈이언적〉

   사람에게는 사랑의 감정이 있는 까닭에, 마음이 풍요롭고 인생이
아름다운 것입니다.
   사랑을 잃으면 모든 걸 잃습니다.
   바쁘고 바쁘더라도 주의 또 주의, 사랑 분실에 절대 주의하십시오.

💡 누가 황하를 넓다고 했나 / 한 개의 갈대로도 건널 수 있는 것을
   누가 송나라 멀다고 했나 / 발돋움만 해도 바라볼 수 있는 것을 〈시경〉

   평화와 안녕도 이 정도면 됐지 싶습니다.
   바람 한 점에도 누추한 삶이 적이 위로를 받습니다.
   누군가에게 자연과 같은 존재가 될 수 있다면, 그보다 더 좋은 일은
없겠지요.
   아침나절에 쓰레기 분리를 하면서, 문득 햇살이 무척 아름답다는
생각이 들었습니다.
   날마다 햇빛을 보며 살 수 있어서 다행이고, 생애가 저물도록 이것
으로 충분히 행복할 것 같습니다.

💡 그릇이 비어야 능히 만물을 받아들일 수 있고,

집이 비어야 사람이 능히 거처할 수 있으며,

천지가 비어야 능히 만물을 용납할 수 있고,

마음이 비어야 능히 모든 이치를 통할 수 있습니다. 〈해월〉

💡 사람들은 인생이 유한하다고 슬퍼하지만,

바로 이 유한성 때문에 우리들은 도리어 더 잘 살 수 있게 되는 것이

아닐까요? 〈젠슨〉

희극의 주인공은 처음부터 끝까지 자기를 분명히 인식하고 있지만,
비극의 주인공은 몰락 일보 직전에 가서야 자기를 알아채게 됩니다.
자기를 바로 봅시다.

– 이것이 즐거운 인생의 출발점입니다.

💡 스스로 드러내는 자는 밝아지지 못하고, 스스로 옳다고 하는 자는 드
러나지 못합니다.

스스로 자랑하는 이는 공적이 없어지고, 스스로 뽐내는 이는 오래가
지 못합니다. 〈도덕경〉

사람들은 자신이 태어날 때 받은 선천적인 요소들과 학습의 결과로
얻은 후천적인 요소들의 합으로 자기를 완성합니다. 〈괴테〉

사는 게 힘들고 괴로운 것은 우리가 욕심이 많아서 그렇습니다.

긍정의 마음을 품고 매일에 충실하다면, 괴로움의 바다에 빠져 있을 겨를이 없어요.

날마다 욕심 없음을 꿈꾸면서 짐짓 한 걸음씩 앞으로 나아가는 게 중요합니다.

길이 막힌다고 갑자기 다른 곳으로 날아갈 수 없는 노릇이지요.

현실의 모든 걸 '꿈이다' 생각하면서, 기분 좋게 발걸음을 이어갈 수 있으면 더없이 좋겠지요. 생각하면 감사하지 않은 게 없습니다.

오늘도 이렇게 맑은 햇살 아래, 내가 숨 쉴 수 있음도 정녕 감사한 일이 아닐 수 없습니다.

행복의 강이 흐릅니다. 감사무지의 세월이 흐릅니다.

💡 아마도 배움의 지혜도 없이 새로운 창작을 하는 사람도 있을 것입니다.

나는 이런 정도의 지혜는 없습니다.

많이 듣고 좋은 것을 선택하여 따르고, 많이 보고 좋은 것을 기억하는 사람이니

(내가) 지혜의 두 번째 등급은 됩니다. 〈공자〉

우리 민족은 예로부터 신앙을 권력화하지 않았고, 권력화된 종교를 좋아하지 않았습니다.

종교와 신앙은 다릅니다.

글로 빚은 꽃

신앙은 내재적이며 개인적인 것으로 그것을 조직화 권력화하면 종교가 됩니다.

한국의 전통 신앙은 사람을 좋아하고 생명을 존중하고 자연을 사랑하였습니다.

한마디로 '생명 사랑' – 이것이 전부입니다.

이것이야말로 우리의 전통 사상 '풍류'의 바른 뜻입니다.

삼류 부자는 돈 많은 걸 자랑합니다.

그러나 진짜 부자는 돈을 갖고 있는 것에서가 아니라, 돈을 쓰는 방법으로 말을 합니다.

자신이 돈이 있음을, 그 돈을 잘 쓰고 있음을, 사람들에게 향기롭게 전달합니다.

일언이폐지하고 우리나라에서 '문학'이라는 용어는 첫 출발이 그랬듯이 '사람' 또는 '벼슬'을 가리키는 말이었어요. 그러기 때문에 우리가 '문학'이라는 말의 어원과 그것의 역사적 전개 과정(동서양 가릴 것 없이)에 주목한다면, 현대 문학을 일부에서처럼 무슨 종교의 영토같이 성역화하거나 신비화할 필요가 없다는 뜻을 스스로 알아채야 하지 않을까요.

💡 **꿀벌은 꽃 속에서 꿀을 빨아 먹다가 떠날 때가 되면,**
잉잉거리면서 감사의 말을 꼭 전합니다.

화려한 나비는 도리어 꽃이 자기에게 고맙다는 말을 해야 한다고 믿습니다. 〈타고르〉

💡 우아한 취미를 가지는 것은 많은 사물에서 취하는 게 아닙니다.
좁은 연못과 작은 돌멩이 하나에도 안개와 노을이 깃들기 때문입니다. 〈채근담〉

자기 건강은 자신과 주변을 위한 배려입니다.
언제라도 나는 혼자 몸이 아닙니다. 내 몸이래도 내 것만이 아닙니다.
나를 건강하게 지키는 게, 곧 내 주변 모두를 건강하게 지키는 것과 똑같습니다.
건강한 삶이란, 자신과 주변 모두를 위한, 철두철미 사랑의 배려에서 나오는 것이 아닐까요?

💡 예의를 한 번 잃으면 야만인이 되고, 두 번 잃으면 짐승이 됩니다. 〈퇴계〉

💡 고요한 밤에 종소리를 듣고는 꿈속의 꿈을 불러 깨웁니다.
맑은 연못가에서 달그림자를 보고는 몸 밖의 몸을 엿봅니다. 〈채근담〉

💡 종교란 모든 사람이 쉽게 이해할 수 있는 철학입니다. 〈임마누엘 칸트〉

💡 공자는 다른 사람과 노래를 부를 때 노래가 좋으면,

그에게 한 번 더 반복하기를 청했고,
그리고 후에 자신이 화음을 넣어 따라 불렀습니다. 〈논어〉

산길을 걷고 싶습니다. 새 소리, 물소리, 바람 소리가 그립습니다.
내 가슴에는 벌써 솔방울 떨어지는 소리가 들려옵니다.
하나둘, 여기저기서 떨어집니다.
후두두둑~덱데굴 덱데굴 덱데굴 데굴데굴 덱데굴.
마치 산이 살아서 움직이는 것 같습니다.

어떤 천재도 자기 시대를 완전히 넘어서지 못합니다.
결국 인간은 시대의 영웅입니다. 소크라테스, 공자, 예수, 부처가
다 그러합니다.

💡 문화적 수준은 다른 훌륭한 사람과 같지 않겠습니까?
그러나 그 문화를 몸으로 실천하는 군자의 삶은 내가 아직 완벽한 수
준은 얻지 못했습니다. 〈공자〉

💡 새 울음과 벌레 소리 모두 마음을 전하는 비결입니다.
꽃봉오리와 풀빛 가운데 도를 깨닫게 하는 밝은 문장 아닌 게 없습니
다. 〈채근담〉

변덕 많은 날씨에, 지금 막 창밖으로 햇살이 밝게 퍼져나갑니다.

순식간에 빛의 부신 바다가 눈앞에서 출렁입니다.

겨울 빛이, 그 은혜로움이 곧장 눈 속으로 뛰어듭니다.

오오, 겨울이여. 겨울 사랑이여!

💡 **만족할 줄 알면 모욕을 당하지 않고,**

　그칠 줄 알면 위태롭지 않아 오래갈 수 있습니다. 〈도덕경〉

일본인은 단결력이 벽돌담처럼 견고하고 한국인은 돌담처럼 느슨합니다.

그러나 위기 대응 능력이나 순간 창조 능력이 돌담이 더 우수해요.

한국인의 성정이 원래 빼어나고 훌륭하며, 오늘의 시대 흐름에도 더 적절합니다.

💡 **벗을 사귄다는 것은 그 사람의 덕을 벗하는 것입니다.** 〈맹자〉

💡 **크게 보면 산하와 대지도 작은 티끌에 속합니다.**

　하물며 티끌 속의 티끌인 사람의 경우이겠습니까.

　사람의 피와 살과 몸뚱이는 결국 물거품과 그림자로 돌아가는데,

　하물며 그림자 밖의 그림자인 부귀공명의 경우이겠습니까. 〈채근담〉

💡 **군자가 사는 곳에 어찌 누추함이 있겠습니까?** 〈공자〉

💡 가득 차 있는 것의 상태를 계속 유지하고자 하는 것은 그만두느니만
못하고, 담금질을 통해 이미 날카로워졌는데도 더 날카롭게 만들고
자 하는 것은 오래가지 못합니다. 〈도덕경〉

💡 자연의 조화를 타고 돌아가 삶을 마칠 뿐,
더 이상 무엇을 바라리오! 〈퇴계〉

💡 사람은 저마다 자기만의 '거울'을 가지고 있습니다.
그래서 바깥도 보고 남도 보고 하지만,
언제라도 자기 자신을 보는 것을 잊지 않습니다.

꽃이 피기까지의 저 아름다운 침묵을 보십시오.
진정한 아름다움은 그윽하고 깊은 침묵 속에서 피어나는 꽃입니다.
자연은 늘 새롭고 신선합니다.
자연은 인간을 가르치려 하지 않으나, 인간은 늘 자연을 스승으로
삼는 게 좋습니다.

💡 사람이 쉬고 싶을 때는 바로 짐을 내려놓아야 합니다.
그런 상황에서도 쉬지 않고 굳이 쉴 곳을 찾으면,
심지어 아들딸을 결혼시키고 나서도 해야 할 일이 적지 않게 됩니
다. 〈채근담〉

동장군이 휘두른 칼바람이 여린 살갗을 얼얼하게 헤집어 놓네요.

나고들 때 방패를 하나씩 챙겨 들어야겠군요. 상처 입지 않으려면 말이죠.

나에게 추위 방패는 바로 당신입니다.

당신을 생각하면 빗발치는 눈보라 속에서도 나는 그만 훈훈해집니다.

💡 '인의예지(仁義禮智)'는 옛 성인이 가르친 것이고,
수심정기(修心正氣)는 마음을 닦고 기운을 바로 잡는 것은 내가 비로소 정한 것입니다. 〈동경대전〉

겸손은 훌륭한 미덕입니다.

그러나 실제 생활에서는 겸손보다 자신감이 더 중요합니다.

겸손은 자신감을 감추고 속이고 억누르기가 십상이죠.

자신이 행복하게 살려면 자신감 넘치게 살아야 합니다.

그러므로 사람살이에는 언제라도 자신감이 썩 나서서 겸손을 강하게 보호해야 합니다.

유교의 궁극적 목적은 도덕적 인간의 양성이 아니라,

저마다 행복한 인간이 되어 매 순간 행복하게 사는 것입니다.

💡 길에서 들은 이야기를 길에서 떠들고 다니며 옮기는 사람들은,

인격 포기자(덕을 포기한 사람)**들입니다.** ⟨공자⟩

젊음은 재능이고 용기이고 의욕적 삶입니다.
비교 불가의 절대 재능입니다.
우리가 날마다 청춘이 되어 자신의 재능을 맘껏 펼치는 게 어떨까요.

💡 **마음 바탕이 밝으면 어두운 방 안에도 푸른 하늘이 있습니다.**
생각이 어두우면 대낮에도 도깨비가 나타납니다. ⟨채근담⟩

삶은 과정의 연속입니다.
우리는 살면서 무수한 과도기를 겪지요.
인생에서 태평성대의 시절은 거의 없다고 보면 돼요.
그것은 어릴 적에 찰나로 지나갔지요.
그런 만큼 인생은 하루하루 '지금 이 순간'이 중요합니다.
지금의 한 시간 한 시간이 바로 황금시대입니다.

💡 **군자에게는 세 가지를 경계해야 하는 것이 있습니다.**
젊어서는 혈기가 안정되지 않았으므로 여색에 빠지는 것을 경계해야 하고, 장년이 되어서는 혈기가 막 왕성해지므로 싸움에 휘말리는 것을 경계해야 하며, 늙어서는 혈기가 이미 사그라졌으므로 탐욕에 빠지는 것을 경계해야 합니다. ⟨공자⟩

💡 남들과 비교하는 인생은 불행합니다.
자신에게 집중하는 게 좋습니다.
자신을 늘 새롭게 가꾸는 인생이 멋집니다.

💡 편안할 줄 알면 영예롭고, 만족할 줄 알면 부자가 됩니다. 〈소동파〉

평생토록 감탄사를 몸에 잘 붙이고 다녀야 합니다.

극히 작은 일에도 감사하고 감동하고 감탄하는 일에서 손과 눈을 떼면 안 돼요.

감성이 무뎌져요. 그러면 사는 게 메마르고 팍팍해집니다.

건조한 이성보다는 촉촉한 감성이 우리를 행복의 꽃밭으로 인도합니다.

감탄사를 분실하면, 무미건조한 일상이 우리를 기다릴 뿐이죠.

차라리 스마트 폰은 잃어버려도 감탄사는 절대 잃으면 안 됩니다.

💡 안으로 마음을 밝게 하는 것은 경(敬)이요,
밖으로 시비를 결단하는 것은 의(義)입니다. 〈남명〉

민주주의는 공동체의 가장 느린 속도에 맞추어, 남녀노소가 나란히 길동무하며 가는 삶의 놀이마당입니다. 꽃이 피면 함께 꽃을 보고, 단풍이 들면 단풍을 같이 보는 것입니다.

어화둥둥 대동 세상을 더불어 꿈꾸는 것이 민주 세상입니다.

💡 지사(志士)와 인자(仁者)는 자신의 생명을 구하기 위해 사랑을 버리지 않습니다.
오히려 목숨을 버림으로써 사랑을 완성합니다. 〈공자〉

💡 권세와 명리를 가까이하지 않는 사람을 깨끗하다고 하나,
가까이하면서도 물들지 않는 사람이 더 깨끗합니다. 〈채근담〉

💡 부지런함은 값을 매길 수 없는 보배이고,
삼가는 것은 몸을 보호하는 부적입니다. 〈명심보감〉

💡 욕심을 덜고 또 덜어 꽃을 가꾸고 대나무를 심으니,
이 몸은 이대로 천지자연의 무위로 돌아갑니다. 〈채근담〉

예술은 평범한 사람들의 삶에 구체적인 격려와 위로를 주어야 합니다.

마음속 깊은 욕구와 만나게 하고, 아득히 그리운 것들을 만나게 하는, 그런 것들을 통해서 말입니다. 예술은 결국 사랑입니다.

💡 좋은 약은 입에 쓰지만 병에 이롭고,
충성된 말은 귀에 거슬리지만 행하는데 이롭습니다. 〈공자〉

영혼 없는 일꾼은 로봇과 같아요. 그렇게 살지 않았다면 훌륭합

니다.

웃음으로 마무리 짓는 새 하루를 날마다 만들어 가십시오.

지금의 남북 분단은 명백히 일본의 책임입니다.

과거 한반도의 식민지의 역사 때문에 남북이 분단되었습니다.

남한과 북한에 고유한 오랜 독재는 조선총독부의 연장선입니다.

우리가 지금도 일본을 분단의 원흉으로 삼아 미워할 수밖에 없는 이유입니다.

💡 **아무리 아름답고 빛이 고울지라도 향기 없는 꽃이 있듯이 실천이 따르지 않는 말은 그 열매가 없습니다.** 〈법구경〉

💡 **동짓달 기나긴 밤을 한 허리를 베어내어 춘풍 이불 아래 서리서리 넣었다가 어룬 님 오신 날 밤이어든 굽이굽이 펴리라** 〈황진이〉

직장 생활이 힘든 이유는, 일이 아니라 사람 때문인 경우가 많습니다.

자신을 공연히 미워하고 싫어하는 동료의 태도 때문에, 힘겨워하는 이들이 적지 않아요.

이상하고 별난 인간 때문에 직장 생활이 넌더리가 날 수 있습니다.

이럴 때는 그 사람을 말 그대로, 사무적으로 대하는 게 좋습니다.

왜냐하면 그는 인간적으로, 가 아니라 사무적으로 만나는 존재이니까 말입니다.

지능을 높이는 가장 간단한 방법이 있습니다.

한 가지에 열중하십시오. 거기에 맹렬히 집중하세요.

지능은 달리 말해 생각하는 힘이며, 그것은 무언가에 열중할 때 가장 활발해지는 것이니까요.

💡 선한 인생이 행복한 인생입니다.
당신이 선한 인생이어서 행복한 것이 아니라,
행복하다면 당신은 선한 사람이라는 뜻입니다. 〈버트런드 러셀〉

오늘은 집 나간 지 7시간 만에 과메기가 되어 집에 돌아왔습니다.

산행길에 '얼었다 녹았다'를 되풀이하다 보니 저절로 과메기가 되더군요.

근데 산기슭 연못가에서 묘한 얼음 부들을 보았습니다.

마른 풀대 하나씩을 속에 품고서, 얼음 기둥이 부들처럼 또 핫도그처럼 서 있더군요.

가녀린 풀대가 단단한 얼음 기둥으로 우뚝 선 모습이 경이로웠습니다.

고독은 쓰리고 아프고 외롭고 쓸쓸한 게 아닙니다.

고독! 그것은 온전히 나에게 몰입하고 나에게 충실한,

나에게 놀랍도록 완전한, 황홀경의 시공간 그 자체가 아닐까요.

모두가 동의하는 완전한 신이 있을까요? 없습니다. 있을 수가 없어요.

왜냐하면 사람사람이 제각기 하나의 우주이기 때문입니다.

청춘 열차는 가도 가도 종착역이 없습니다.

그가 나이(또는 기득권)에 저항을 멈추고 투항하지 않는 한.

지도자는 민중의 거울입니다.

한국 정치를 볼 때 일체 그만두고 그 사람을 보는 게 좋습니다.

사람의 됨됨이를 오직 보십시오. 그의 언행을 살펴보십시오.

그런 후 투표는 자기 소신껏 해도 좋습니다.

떠들어대는 언론이 아무 소용이 없도록 말이죠.

그 사람에 대한 자기 느낌과 자기 생각이 가장 중요합니다.

인생사 대부분이 온통 그런 것처럼 말입니다.

💡 **돈이 재산이 아니고 사람이 재산입니다.**

언제나 사람을, 특히 가까운 가족을 귀하게 대접하십시오.

사람의 마음이 한결같이 진실하면, 여름에 서리를 내리고, 성을 무너뜨리고, 쇠와 돌도 뚫을 수 있습니다. 〈채근담〉

💡 일이 조금 뜻대로 되지 않을 때는 자신만 못한 사람을 생각하십시오.
그러면 원망하고 탓하는 마음이 절로 사라집니다.
마음이 조금 게을러질 때는 자신보다 나은 사람을 생각하십시오.
그러면 정신이 절로 분발하게 됩니다. 〈채근담〉

💡 눈물만이 우리가 인간인 것을 증명해줍니다. 〈이어령〉

💡 시간의 종류가 다음과 같습니다.
첫째 '인간의 시간' (생애 100년), 둘째 '역사의 시간' (인간사 5천 년),
셋째 진화의 시간 (지구 35억 년)
'시절인연'은 역사의 시간을 넘어 까마득한 진화의 시간을 거쳐 온
건지도 모를 일입니다.

인생은 만남입니다.
만남의 연속이죠. 만나고 헤어지고 또 만납니다.
누구를 만나든, 무엇을 만나든, 모든 만남은 자기 마음을 비추는 거
울입니다.
만남을 통해 우리는 서로를 봅니다. 만남 자체가 거울이 되는 셈이죠.
거울은 상대를 보는 한편 자기 자신도 보고 상대의 마음을 보고 자
신의 마음을 봅니다.
반성과 배움이 파도칩니다.
사람은 만남을 통해 자기 인생을 경영하고 시나브로 성숙해집니다.

💡 문장이 최고 경지에 이르렀다는 것은, 달리 기이한 재주를 부렸기 때문이 아닙니다.

단지 문맥이 잘 통하도록 적절히 맞아떨어지는 문장을 구사한 것일 뿐입니다.

인품이 최고의 경지에 이르는 것도, 이와 같아 달리 기이한 모습을 보이기 때문이 아닙니다. 단지 우주 본연의 모습을 드러냈을 뿐입니다. 〈채근담〉

💡 그대가 이해하지 못하는 현상 앞에서 어리둥절하고 있을 때,

진리는 이미 베일을 벗고 은밀히 그 모습을 그대 앞에 드러내고 있을 것입니다. 〈발자크〉

💡 운명의 주인공은 운명입니다.

내 삶의 주인공은 바로 나입니다.

💡 마음은 후손들의 뿌리입니다.

이 세상에 뿌리가 튼튼하지 않고 가지와 잎이 무성한 적은 없습니다. 〈채근담〉

순수와 겸손은 감동을 자아내는 영원한 샘터입니다.

세세연년 일상에서 감동하며 살 수 있는 묘수이지요.

순수와 겸손을 잃어버리면, 그때부터 생의 불행이 순식간에 먹구름

처럼 찾아옵니다.

까닭에 생애가 끝나도록 겸손과 순수를 잃지 말고, 생명의 뿌리처럼 잘 갈무리하면 어떨까요?

💡 **공자는 고기가 아무리 많아도 밥 기운을 이기게 먹지 않았고,**
오직 술을 마실 때 정해진 양은 없었으나 주사를 부리지 않았습니다. 〈논어〉

💡 **용담의 물은 흘러서 온 바다의 근원이 되고,**
검악의 사람에겐 한결같은 마음이 있습니다. 〈수운〉

💡 **부귀공명에 대한 욕심을 버려야 가히 범속한 차원에서 벗어날 수 있습니다.**
도덕인의(道德仁義)에 대한 고집을 버려야 가히 성인의 경지로 들어갈 수 있습니다. 〈채근담〉

무얼 배우든 배움의 시작은 늘 초보자입니다.

어린아이가 되는 거죠. 여기에 기대와 설렘이 있어요. 그것으로 충분합니다.

배운다는 것은, 사람을 늘 어리게 하고 설레게 하고 젊어지게 만듭니다.

열흘 비 오다가 하루 맑으면, 맑은 하루가 제물로 행복감을 다 가져 다줍니다.

결국은 그런 것이죠. 어쨌든 인생은 살만하다는 것. 재미가 없기 때문에 계속 재미를 찾는 숨바꼭질이 이어진다는 것. 그래요, 삶은 그런 것입니다.

💡 **가난하게 살면 시끌벅적한 저잣거리에 살아도 서로 아는 사람이 없지만, 부유하게 살면 깊은 산골에 살아도 찾아오는 친구가 있습니다.** 〈명심보감〉

수(數)에 관대한 동양에서는 무리수가 탄생하지 않았습니다.

그러나 서양에서는 피타고라스가 수는 오직 정수뿐이라는 개념을 완강하게 고집함으로써, 모순의 대폭발 현상으로 무리수가 저절로 발견될 수밖에 없었습니다.

시멘트처럼 딱딱한 고정관념을 가지고서 현상을 엄격하게 대한다면, 모순은 바늘 끝처럼 첨예해집니다.

종교와 과학 등 서양 역사에서 발생한 모든 새로움의 탄생은 모순의 대충돌—이로부터 비롯된 것이라 해도 과언이 아닐 테지요.

💡 **99도까지 열심히 온도를 올려놓아도 마지막 1도를 넘기지 못하면, 영원히 물은 끓지 않습니다.** 〈김연아〉

💡 열 가구 되는 조그만 마을에 충신이 나 정도 되는 사람은 반드시 있겠지만, 나만큼 배우기를 좋아하는 사람은 없을 것입니다. 〈공자〉

정작 잘 모를 때 무턱대고 밀어붙이는 게 좋습니다.

그게 용기입니다. 알면 알수록 어려워지는 게 세상 이치죠.

이것저것 따지다 보면 아무것도 할 수 없어요.

의식할수록 힘이 들어가고, 힘이 들어가면 부자연스러워지고, 부자연스러워지면 실패할 확률이 높아집니다.

간절히 하고 싶은 게 있다면, 지금 바로 당장 시작하는 게 좋습니다.

💡 만물은 아울러 자라면서 서로 해치지 않습니다. (萬物竝育而不相害 만물병육이불상해) 〈중용〉

💡 우리 가르침[吾道]은 드넓으나 손쉽기도 하고 많은 말과 풀이가 없어도 됩니다.

새삼스러운 방법과 이치도 없지만 정성과 공경과 믿음[誠敬信-성경신]의 세 글자면 그만입니다. 이 세 가지 안에서 힘쓰면 됩니다.

꿰뚫고 나면 비로소 깨달을 것입니다. 〈동경대전〉

💡 울지 마라. 울지를 마라. 몇백 번 상하고 다치면서

괴롭고 절망하고 울부짖는 동안에 인간은 자란다.

울지 마라. 행복은 사금처럼 가벼이 날아가 버리지만

불행은 두고두고 네 마음속에서 인생의 문을 열어주는 귀한 열쇠가 되리라.

부디 불행에 굽히지 말고 살아라. 〈법정〉

💡 자연보다 더 큰 권력은 없습니다.

자연이 최고의 권력입니다. 오늘도 자연에 충성!

기본에 충실하십시오. 기본은 기초가 아니라 전부입니다.

기본의 오롯한 걸음걸이가 완성형으로 가는 지름길이며, 기본에 소홀하면 모든 게 무너져요. 기본이 잘되어 있으면, 한계에 부딪히는 게 외려 즐겁습니다.

그 자체가 발전이고 성공으로 기본이 부족하면, 새로운 도전이 늘 벅찹니다.

그 자체가 한계 상황입니다. 고통스럽고 힘듭니다.

그렇습니다. 오직 기본에 충실하십시오.

일상적인 행복

일반적으로

불행이 행복을 만듭니다.

따라서 불행하면

할수록 좋은 일입니다.

〈볼테르〉

하늘에 신이 있다고 하는 생각은 동서양을 가리지 않는 세계 공통의 사상입니다. 흔히 말하는 제천 의식은 아득한 고대의 공통 종교였죠. 바빌로니아에서 제작된 지구라트, 즉 바벨탑은 두드러지게 높은 곳이라고는 없는 그곳 자연환경의 영향으로 만들어진 신성한 장소였습니다. 아득한 사막으로 펼쳐진 이집트에서도 높은 산을 인공적으로 만드니, 이것이 피라미드입니다. 또한 그리스 사람들은 그들의 신이 올림포스산에 산다고 믿었던 거예요. 왜냐하면 그곳 사람들에게 올림포스산이 제일 높았기 때문입니다. 이런 전차로 배달(밝은 땅/ 아침 땅/ 처음 땅) 민족에게 제일 높은 곳인 백두산은, 오늘까지 민족의 성산으로 기림을 받습니다. 이래저래 살펴보아도 고대 종교의 공통은 '제천(祭天)'이었습니다. 하늘에 있는 신을 우리 식으로 말하니 '하느님'이 될 수밖에요. 한자말로 하면 천주(天主)요, 영어로 말한다면 'Heaven God'이 될 터입니다.

변화에 천천히 순응하면 오래 살아남을 수 있다는 연구 결과가 실제로 과학자가 실험을 통해 증명해 냈습니다. 차차 조금씩 영하 80도까지 내려가도 식물이 얼어 죽지 않고 멀쩡했습니다. 그러나 순식간에 (단 1분 만에) 기온을 10도 내렸을 때, 그 식물은 견디지 못하고 그만 얼어 죽었습니다. 감당할 수 있는 한계치를 순간적으로 넘어서 버린 것이죠.

생활의 스트레스는 그때그때 바로 풀어야 한다는 뜻으로도 해석하고 싶군요.

💡 가장 위대한 여행은 지구를 열 바퀴 도는 여행이 아니라, 단 한 차례라도 자기 자신을 돌아보는 여행입니다. 〈마하트마 간디〉

💡 천년을 가로질러 작가는 분명하면서도 조용히 당신의 머릿속에서 직접 말하고 있습니다. 글쓰기는 아마도 서로 전혀 알지 못했던 사람들을 한데 묶어주는 인간의 가장 위대한 발명일 것입니다. 책은 시간의 족쇄를 끊습니다. 책은 인간이 마법을 할 수 있다는 증거입니다. 〈칼 세이건〉

💡 날마다 해가 뜨는 것처럼, 우리가 살아가는 모든 시간은 늘 그게 그것인 듯하지만, 사실은 한순간도 한 장면도 같은 것이 아닙니다. 매 하루를 새롭게 여기는 마음이 삶에서 가장 귀한 마음입니다.

정신적인 맥락도 하나의 역사로 정신은 세상의 참모습을 담아야 진정으로 진리가 됩니다.

지금 지구촌을 호령하는 K-한류 정신은 도도히 흐르는 또 하나의 우리 역사입니다.

풍류도와 홍익사상과 인내천과 K-한류는 오랜 세월을 일매지게 흐르는 우리의 역사입니다.

K-한류는 지금 눈앞에서 생생하게 살아 있는 우리 역사의 숨결입니다.

💡 사향을 지니면 저절로 향기가 나는데,
　어찌 꼭 바람을 향해 서겠습니까. 〈명심보감〉

　진짜 비교는 자신의 어제와 오늘을 비교하는 것입니다.
　남과 비교할 필요가 없어요. 자신의 경쟁 상대는 자신입니다.
　오직 자기 자신을 기준으로 생활의 질을 따지십시오.
　어제보다 오늘이 못하다면 반성을 하고, 어제보다 오늘이 나았으면
스스로 칭찬하면 됩니다. 스스로 배우고 스스로 가르치는 삶이 가장
좋습니다.
　그럼요, 진정한 선생님은 오직 자기 자신입니다.

💡 이미 일상적이지 않은 즐거움을 누렸다면,
　모름지기 헤아릴 수 없는 근심을 대비하십시오. 〈명심보감〉

💡 명상은 깨달음의 궁전이며, 고독은 가장 순수한 명상입니다.

💡 일반적으로 불행이 행복을 만듭니다.
　따라서 불행하면 할수록 좋은 일입니다. 〈볼테르〉

💡 한때의 울분을 참아내면 백날 동안의 걱정을 피할 수 있습니다.
　〈명심보감〉

💡 어려운 환경에서도 자신의 즐거움을 잃지 않고 살아간다면,
그는 위대한 바보가 될 것이며 그가 진정 행복한 사람입니다.

지금의 사랑이, 온통 유일하고 일체 한시적이라고 믿으십시오.
실제는 아니더라도 마음속으로 그렇게 상상해 보십시오.
그러면 현재의 삶이 절실해지며, 기쁨으로 충만할 것입니다.

💡 외로운 구름은 산골짜기에서 피어올라
가고 머무는 것에 조금도 거리낌이 없습니다.
밝은 달은 천공에 매달려 있으면서
고요함과 시끄러움 모두 개의치 않습니다. 〈채근담〉

💡 밤의 가슴에 슬픔이 눈송이처럼 날립니다.
설원이 되고서야 아침이 눈을 뜨겠지요.
어쩌면 아침 햇살은, 밤의 슬픈 눈빛이 그제야 반짝이는 것인지도
모릅니다.

💡 질병은 정신적 행복의 한 형식입니다.
병은 우리의 욕망과 불안에 대하여 확실한 한계를 설정해주기 때문
입니다. 〈앙드레 모루아〉

함박눈이 펑펑 내리는 달구벌, 이곳에서는 좀체 없는 풍경이라서

한껏 새롭군요.

움직이는 건 오롯이 눈송이뿐, 모든 게 정지 화면처럼 멈추어져 있습니다.

이런 날에는 좋은 사람들 몇이서 오롱조롱 모여 앉아, 간단없이 이어지는 자연의 그림을,

잠자코 바라보기만 해도 좋을 듯합니다.

💡 **대개 지극히 높은 것은 지극히 평범한 것에 깃들고,**
지극히 어려운 것은 지극히 쉬운 것에서 나옵니다. 〈채근담〉

💡 **이 세상에서 이기기 어려운 맹렬한 애욕을 정복한 사람에게는**
연꽃에서 물방울이 굴러떨어지듯이 근심과 걱정이 없어집니다.
〈법구경〉

눈이 펑펑 내려서 소복소복 쌓이는 꿈을 꿉니다.

그것만으로 행복합니다. 눈은 현실을 꿈으로 곧장 뒤덮어 버리는 마술을 부리죠.

그래서 이때의 눈은 꿈이고 낭만이고 사랑이고 추억이고 정(情)입니다.

홍익인간 한국 철학은, 낙천가에게서 흐뭇이 꽃으로 쉼 없이 피어납니다.

글로 빚은 꽃

💡 오랫동안 고통을 인내함으로써 지극한 행복이 찾아온다면,
이런 고통은 쾌락보다 낫습니다. 〈에피쿠로스〉

💡 억지로 뜻을 두면 도리어 멀어지고, 무심하면 절로 가까워집니다.
〈채근담〉

물은 흐르고 변합니다. 인생도 흐르고 변합니다.
물은 늘 새길을 찾습니다. 인생도 늘 새길을 찾습니다.
물이 항상 새롭듯이 인생도 항상 새롭습니다.
상선약수(上善若水) - 이것이 최고의 인생입니다.
오늘도 물처럼 새롭게 물처럼 슬기롭게 살아갑시다.

💡 내 경험으로 미루어 보건대,
단점이 없는 사람은 장점도 거의 없습니다. 〈에이브러햄 링컨〉

💡 사람의 성품은 물과 같아 한 번 기울어지면 되돌릴 수 없고,
성품이 한번 흐트러지면 돌이킬 수 없습니다.

💡 물을 다스리는 자는 반드시 제방을 쌓아야 하고,
성품을 제어하는 자는 반드시 예법으로 해야만 합니다. 〈명심보감〉

💡 대개 마음이 외물에 물들거나 집착하는 바가 없으면 속세도 선경이

되고, 마음이 얽매여 집착이 생기면 극락도 고해가 됩니다. 〈채근담〉

셀프 리더십이 필요합니다.

성년이 되면 스스로 가르치고 스스로 배워야 하니까요.

나를 이끄는 힘을 내가 길러야 합니다. 이것이 셀프 리더십입니다.

내 인생의 주인공은 〈오직 나〉라는 사실을 새삼 가슴에 새겨야 합니다.

💡 **닭이 울면 일어나서 제각기 노력하십시오.**
   손에 닿는 모든 일이 선과 악에 열려 있나니... 〈퇴계〉

청춘은 열정과 도전의 다른 이름입니다.

나이는 아랑곳없이 도전의 열정에 몸이 뜨겁다면, 그는 청춘입니다.

오늘도 인생 도전자는 외칩니다. "뛰어라 청춘아"

💡 **열매를 맺지 않는 꽃은 심지 말고, 의리 없는 친구는 사귀지 마십시오. 〈명심보감〉**

💡 **인(仁)이라는 글자는 바로 사람[人]이라는 뜻입니다.**
   어질 인(仁)과 사람 인(人)을 합하여 말하면, 바로 도(道)입니다. 〈맹자〉

💡 속세를 벗어나는 길은 세상을 살아가는 가운데 있습니다.
　반드시 교유의 발길을 끊고 세상을 피할 필요까지는 없습니다.
　마음을 깨닫는 길은 바로 마음을 다하는 가운데 있습니다.
　반드시 욕망을 끊고 마음을 싸늘한 재처럼 만들 필요는 없습니다.
　〈채근담〉

💡 지금을 살고 현재에 충실하면, 그게 곧 행복한 생활이 아닐까요?
　지금 불행하지 않다면 그게 곧 행복이라고 생각하는 게 좋습니다.

💡 참을 수 있으면 참고, 삼갈 수 있으면 또 삼가십시오.
　참지 못하고 삼가지 못하면 사소한 일이 큰일이 됩니다. 〈명심보감〉

💡 하늘이 사람에게 내려준 것을 성(性)이라 하고,
　성에 따르는 것을 도(道)라 하고,
　도를 닦는 것을 가르침[教]이라고 합니다. 〈자사자〉

💡 마음의 기틀이 흔들리면 활 그림자도 뱀처럼 보이고,
　누운 바위도 엎드린 호랑이처럼 보입니다. 〈채근담〉

💡 백성들 매우 수고로우니 / 제발 조금 쉬게 하여 주기를
　우리나라를 사랑하고 / 온 세상 편케 해주기를 〈시경〉

꿈이 있어야 꿈결 같은 인생이 가능하지만 꿈꾼다고 다 성공하지는 않으며, 또 성공하지 않아도 행복하게 잘 살 수 있습니다.

그러나 꿈을 좇으며 시시때때로 흔들리는 인생이 더 즐겁고,

환상이 아름답다고 여겨지는 한 환상을 계속 즐기는 게 좋습니다.

만약에 그 환상이 고통으로 전이될 때는, 즉시 꿈의 껍질을 벗어나 현실로 돌아와야 할 것입니다. 현실은 그때쯤 꿈보다 더 달콤하고 환상보다 더 아름답기 때문입니다.

💡 **모든 위인과 영웅은 결국 사람들에게 비난과 시기를 받게 마련입니다. 〈에머슨〉**

💡 **나에게 큰 환란이 있는 까닭은 내가 몸을 가지고 있기 때문입니다.**
나에게 몸이 없는데 이르면, 나에게 무슨 걱정이 있겠습니까? 〈노자〉

일상은 평범하고 소소한 것들로 채워져 있습니다.

마치 우리 주변이 공기로 채워진 것처럼 말이죠.

꿈보다 해몽이라는 말 – 여기서 꿈은 다름 아닌 현실이며, 해몽은 현실에 대한 해석입니다.

깜냥의 해석과 실천이 곧 그 사람의 인생을 결정합니다.

💡 **산비탈의 작은 샛길도 사람들이 오로지 그 길로만 다닌다면, 넓은 길로 변합니다. 〈맹자〉**

지금보다 한 차원 높은 삶을 꿈꾸십시오. 가능합니다.

구체적인 생활 속에서 날카로운 눈으로 새 의미를 찾아내십시오.

평범한 것의 주관적인 의미화 작업이야말로 삶에서 새 문화를 창조하는 비결입니다.

하하하 현실은 펼쳐진 책이요, 인생은 그것에 대한 해석이지요.

사람에 따라 책은 같아도 해석이 정반대인 것처럼 현실 해석에 따라 삶이 딴판으로 완전히 달라질 수가 있습니다.

💡 **남을 아는 이는 지혜로우며, 스스로 아는 이는 정신이 밝습니다.** 〈도덕경〉

물질이 충만해서 행복을 느낀다면, 그것은 동물의 세계입니다.

인간은 모름지기 마음의 조화에서, 희열을 느끼고 아름다움과 행복을 느껴 마음의 만족이 있어야 인간입니다. 자기 마음의 결을 잘 매무시하는 게 중요합니다.

💡 **마음을 욕망으로 채우면 차가운 연못에서도 물결이 끓어오르는 까닭에 설령 산속에 묻혀 살지라도 고요함을 보지 못하게 됩니다.**
반대로 마음을 텅 비우면 무더위 속에서도 서늘한 기운이 이는 까닭에 설령 시장 한복판에 있을지라도 시끄러움을 알지 못하게 됩니다.
〈채근담〉

살다 보면 뾰족이 날 선 모순과 부딪히는 경우가 있습니다.

이럴 때는 피하지 말고 맞붙는 게 좋습니다.

선택지 중에서 더 작은 고통을 선택하는 게 답입니다.

모든 선택이 다 불행하다면, 그래도 덜 불행한 쪽을 택하는 게 행복에 가까울 것이니까요.

💡 **능히 탈속하면 그가 곧 기인입니다.**
의도적으로 기행을 숭상하는 자는 기인이 아니라,
괴이한 것을 추구하는 괴인에 지나지 않습니다. 〈채근담〉

💡 **마음을 수양하는 가장 좋은 방법은 욕심을 적게 하는 것입니다. 〈맹자〉**

〈닭이 먼저냐, 달걀이 먼저냐〉는 결론이 자명합니다.

닭이 먼저 있고 나서 '닭의 알' 곧 달걀이 탄생합니다.

이것은 정자가 자연발생적으로 만들어지고 난 후에,

인간이 출현한 것이 아닌 까닭과 같습니다.

💡 **사랑하면 사랑받습니다. 미워하면 미움 받습니다.**
뺏으려 하면 빼앗깁니다. 이것이 작용 반작용의 세상살이 이치입니다.

💡 **인생에 운명이라는 것은 없습니다.**
인간은 운명을 만나는 것이 아니라, 운명을 창조하는 것입니다. 〈빌 맨〉

💡 은혜는 의당 가볍게 시작해 무거운 방향으로 나아가야 합니다.
먼저 무겁고 나중에 가벼우면 사람들은 그 은혜를 잊습니다.
위엄은 의당 엄하게 시작해 너그러운 방향으로 나아가야 합니다.
먼저 너그럽고 나중에 엄하면 사람들은 그 혹독함을 원망합니다.

〈채근담〉

현대는 물질의 시대가 아니라, 마음의 시대입니다.

마음의 부자로 사는 게 진정 행복한 인생입니다.

주변에 좋은 사람이 많은 사람보다 마음의 부자가 달리 또 없습니다.

사람 부자가 진짜 부자입니다.

이웃(자연과 생명)을 사랑하고, 사랑하고, 또 사랑하십시오.

💡 가벼이 말하지 말고/ 함부로 지껄이지 말기를
내 혀는 아무도 건드리지 못하지만/ 한 말은 좇아가 잡을 수 없는 거라네 〈시경〉

초월은 넘어서는 것으로 벗어나고 극복하고 이겨낸다는 뜻에 머물지 않고, 고스란히 받아들인다는 뜻을 포함하고 있습니다. 수용한다는 것이죠.

바람을 받아들이는 갈대밭처럼 초월은 흔들리면서 경계 없이 하나가 되는 것입니다.

넉넉한 마음 바탕으로 이것과 저것의 경계선을 지우고, 일체를 한 품에 안는 일입니다.

💡 모든 행실의 근본은 참는 것이 제일입니다. 〈공자〉

💡 머리와 입으로 하는 사랑에는 향기가 없습니다.
진정한 사랑은 이해, 포용, 자기 낮춤이 병행됩니다.
사랑이 머리에서 가슴으로 내려오는 데 70년이 걸렸습니다. 〈김수환〉

💡 자기 동생을 때리는 것은 부모님을 때리는 것과 같습니다. 〈사자소학〉

💡 사람의 마음 바탕은 곧 우주 천체와 같습니다.

💡 하나의 기쁜 생각은 상서로운 별이자 경사스러운 구름이고,
하나의 노여운 생각은 천지를 진동시키는 우레이자 쏟아지는 폭우
입니다.
하나의 자비로운 생각은 부드러운 바람이자 맑은 이슬이고,
하나의 엄격한 생각은 타오르는 햇볕이자 가을의 서릿발입니다.
그 어느 것인들 없어서야 되겠습니까. 〈채근담〉

삶의 지침은 말랑말랑하고 부드러운 게 좋습니다.
삶의 지침이 딱딱해서는 안 돼요.

〈하면 된다〉—좌우명으로 이런 건 절대 사양합니다.

좌우명은 부드럽고 말랑말랑한 게 좋죠.

삶의 차원이 달라지면 삶의 목표와 방식이 달라지는 까닭입니다.

나의 좌우명은 〈아침햇살처럼〉입니다.

온기를 가져다주고 늘 새롭게 살며 밝은 마음으로 살겠다는 뜻입니다.

💡 **맑고 평온하게 흐르는 것이 물(사람)의 본성이요,**
그 물이 진흙을 만나서 더러워지거나 험한 지형에서 파도가 이는 것은 물의 본성이 아닙니다. 〈퇴계〉

일상의 반복이 가져다주는 '안정감과 편안함'에다가, 약간의 변화가 가져다주는 '경이감과 신비성'이 둘을 잘 조화시키면 행복한 삶이 절로 창조되겠죠.

💡 **행운이라는 묘수를 두려고, 행복이라는 평범한 수를 놓쳐서는 안 됩니다.**
절대 주의! 평범한 일상이 생활 속에서 누리는 절대적 행복입니다.

💡 **일은 일단 재미있게 하는 게 좋고, 궁리하고 연구하고 아롱다롱 채색하고 뜯어고치고, 이러는 중에 재미가 생겨납니다.**
재미있게 하는 일은, 무엇이라도 즐겁고 창의적일 수밖에요.

💡 사람은 땅을 본받고, 땅은 하늘을 본받고,
   하늘은 도를 본받고, 도(道)는 자연을 본받습니다.

(人法地 地法天 天法道 道法自然) 〈도덕경〉

사회는 협력의 장소입니다.

개인은 자신이 가장 잘하는 분야에서 사회에 이바지하는 것이 바람직합니다.

서로가 가장 잘하는 것으로 도움을 주고받을 때, 그 사회는 따스하고 명랑한 생활공동체가 될 것입니다. 고요히 생각해 봅니다.

내가 지금 가장 잘하고, 가장 잘할 수 있는 것은 무엇일까, 하고 말입니다.

💡 자기를 굽히는 자는 중요한 자리를 차지할 수 있지만,
   이기기를 좋아하는 자는 반드시 적을 만나게 됩니다. 〈명심보감〉

💡 꽃이 화분 속에 있으면 마침내 생기를 잃고,
   새도 조롱 속에 들어가면 이내 자연스런 맛이 줄어듭니다. 〈채근담〉

마음은 에너지의 파동이라서, 주위에 그대로 영향을 미치고야 맙니다.

마치 바람이 모든 것을 움직이며 흔드는 것처럼. 그렇다면 우리가 어떤 상황에 놓여도 긍정의 마음을 늘 챙기는 게 좋겠죠.

💡 바쁜 가운데 한가함을 얻으려면, 모름지기 먼저 한가할 때 마음을 조절하는 손잡이를 확보해두어야 합니다.
떠들썩한 가운데 고요함을 얻으려면, 모름지기 먼저 고요한 때 마음의 주재자를 세워두어야 합니다. 〈채근담〉

💡 나는 모든 것을 하나로 꿰뚫는(一以貫之) 일관된 생각이 있는 사람입니다. 〈공자〉

💡 공직자는 오로지 공평해야 밝은 지혜가 생기고,
오로지 청렴해야 위엄이 생깁니다. 〈채근담〉

가만히 있는 게 몸을 함부로 움직이는 것보다 더 힘듭니다.
아무것도 안 하고 가만히 몸과 마음을 놓아두는 연습을 많이 하려 합니다.
아무것도 안 하는 즐거움과 바쁘게 움직이는 즐거움이, 같은 무게로 다가올 때까지!

💡 만일 사람들이 시대적 조류나 사회적 유행에 휩쓸리지 않고
자신의 고귀한 가치를 믿을 수 있다면,
시대와 사회를 초탈해서 자신만의 정확한 길을 달릴 수 있습니다.
〈아인슈타인〉

💡 여우가 무너진 섬돌에서 잠자고, 토끼가 쓰러진 누대 위를 내달립니다.

이 모두 지난날 노래하고 춤추던 곳입니다.

이슬은 국화에 떨어져 차갑고, 안개는 시든 풀 위에 어지럽습니다.

이 모두 지난날 전쟁을 하던 곳입니다.

성쇠가 어찌 늘 하나같을 수 있고,

강약이 어찌 어느 곳에 고정적으로 존재할 수 있습니까. 〈채근담〉

💡 자신의 잘못을 깨닫는 것처럼 마음을 유연하게 해주는 것은 없고,

언제나 자기가 옳다고 생각하는 것처럼 마음을 완고하게 만드는 것은 없습니다. 〈탈무드〉

인생은 마라톤입니다.

저마다 방향을 정하여 완주할 수 있다면 누구나 1등이 됩니다.

중요한 것은 방향입니다. 그 방향은 희망입니다. 벗님이시여,

그렇다면 자신이 가고 싶은 곳으로 훌훌 날아가십시오.

💡 소인과 함께 있을 때 원수를 맺지 마십시오.

소인은 나름 맞설 상대가 따로 있기 때문입니다.

군자와 함께 있을 때 아첨을 하지 마십시오.

군자는 본래 사사로운 은혜를 베풀지 않기 때문입니다. 〈채근담〉

'양질 전화의 법칙'이라는 게 있습니다.

무엇이나 일정한 양에 도달하면 새로운 질적 단계로 도약한다는 뜻입니다.

마치 물이 비등점에 도달하여 끓어오르는 것과 같이, 작은 일에 소홀히 말고 정성을 다하는 게 중요합니다.

행동이 반복되어 개인 습관이 되는 것도 '양질 전화의 법칙'에 해당하지요.

행동하고 도전하십시오. 어느 순간 삶의 도약이 느닷없이 시작될 것입니다.

마음밭 습관

왜 우리 사회는 이렇게 차갑습니까?
훈훈한 기운이 없습니다.
서로 사랑하는 마음으로 방그레 웃는
세상을 만들어야겠습니다.
〈안창호〉

단군은 우리 민족의 시조(始祖)입니다. 단군은 우리의 한아비[祖]지요. 고구려 사람들은 고주몽과 함께 단군을 시조로 받들었으며, 삼국유사 왕력에는 '고구려 제1 동명왕은 단군의 아들'이라고 분명히 기록되어 있어요. 또 고려의 대몽항쟁 시기에는 강화도 마리산(마니산)에 단군 사당을 만들어 제사함으로써, 단군을 항쟁과 민족의 구심점으로 삼았어요. 정통 역사서에서 단군조선의 역사에서부터 민족사의 기술을 처음 시작한 것은, 조선 왕조 초기인 15세기부터입니다. 당연하게도 조선 왕조는 역사책의 첫머리에 언제나 단군조선을 기술하였던 것이죠.

💡 오래 엎드린 새는 반드시 높이 날고,
먼저 핀 꽃은 반드시 먼저 시들기 마련입니다. 〈채근담〉

💡 악한 사람이 선한 사람을 욕하거든 선한 사람은 끝까지 대꾸하지 마십시오.
대꾸하지 않으면 마음이 맑고 한가할 것이니, 욕하는 사람만 입이 뜨겁게 끓어오릅니다.
정말 사람이 하늘에 침을 뱉는 것과 같아서 또다시 자기 몸에 떨어집니다. 〈명심보감〉

💡 욕정에 날뛰는 병은 고칠 수 있으나, 어떤 고식적인 이론에 집착하는 병은 고치기 어렵습니다. 〈채근담〉

💡 어떤 변화와 도전도 받아들일 수 있다는, 용기와 자신감이 필요합니다.

변화무쌍한 세상 풍파에 생의 무기는 오직 이것뿐.

💡 태어나서 가난한 건 당신 잘못이 아니지만 죽을 때도 가난한 건 당신의 잘못입니다.

화목하지 않은 가정에서 태어난 건 죄가 아니지만,

당신의 가정이 화목하지 않은 건 당신의 잘못입니다. 〈빌 게이츠〉

💡 인간 중심적인 사고를 벗어나 만물에 대해서까지 사랑[仁]을 펼친다면, 그는 불멸의 존재성(우주적 자아, 참 자아=성인 聖人)을 얻을 것입니다.

마음은 늘 비워야 합니다.

비워야 의리가 들어와 살 수 있기 때문입니다.

마음은 늘 차 있어야 합니다.

차 있어야 과도한 물욕이 틈을 비집고 들어올 수 없기 때문입니다.

〈채근담〉

실수하셨군요. 그러나 절망하지 마십시오. 실수는 실패가 아닙니다. 실수하는 당신이 아름답습니다. 실수했기 때문에 인생의 아름다움을 얻었습니다.

주변 사람들은 당신 때문에 재미있어하고 웃습니다.

그래요, 당신의 실수 때문에 세상이 한 겹 더 아름다워졌고, 따스하

글로 빚은 꽃

기까지 하답니다.

　가끔 있는 실수는 생을 맛깔나게 하는 양념입니다. 웃으며 다시금 일껏 도전하십시오. 어쩌다 실수는 외려 아름답습니다.

💡 **몸의 자유는 구속될 수 있어도,
정신의 자유는 털끝 하나 건드릴 수 없습니다.
나의 이런 당당함은 오만해도 좋습니다.**

💡 **촌철살인(寸鐵殺人) 대신에 촌철활인(寸鐵活人)이 어떨까요.
고정관념 깨뜨리기(새 말 창조)가 중요합니다. 세태에 길들어져 세상을 바라보는 눈이 모두가 똑같아졌습니다. 우리에게 맞춤한 새 성경책이 필요한 까닭입니다. 서양 철학과 종교를 무조건 숭배하고 따를 것이 아니라, 한국철학의 뿌리(속담)를 제대로 찾아서 공부하는 게 먼저 필요합니다. 우리말 속담 꾸러미에 '촌철활인'의 재치와 슬기가 가득함을 봅니다.**

💡 **바른 사람이 있으면 나 또한 바르게 됩니다.** 〈사자소학〉

너무 피곤하지 않도록 조심하십시오.
이것이 날마다 해야 할 가장 중요한 일입니다.

우주에는 매 초마다 1천 개의 태양이 탄생한다고 합니다.

쉴 새 없이 새 태양이 만들어지듯, 일상의 잔부스러기들을 모아서 자기만의 영롱한 별을 만드는 과정이 인생입니다.

흩어져 있는 가스와 먼지를 모아서, 나만의 별을 만들어 보지 않으시렵니까?

어부가 놀란다. 어럽쇼, 물고기가 죄 없네
농부가 놀란다. 어럽쇼, 곡물이 죄 없네
죄 많은 문명인들이 죄 플라스틱에 갇혀 있다 〈자연 없이 우리는〉

💡 윗사람이 나를 대하는 태도가 싫으면 내 아랫사람을 그러한 태도로 대하지 말고, 아랫사람이 나를 받드는 태도가 싫으면 내 윗사람을 그러한 태도로 받들지 마십시오. 〈대학〉

💡 자본주의는 인간을 불행하게 만드는 시스템입니다. 〈카렐 볼페렌〉

주파수가 맞지 않으면 그 사람을 제대로 읽을 수가 없습니다.
마음은 입자가 아니라 파동인 까닭입니다.
상대와 주파수를 맞추기 위해 애를 쓰십시오.
그러면 두 세계가 하나 되는 기쁨을 자주 맛볼 수 있을 테니까요.
사랑의 기쁨은 주파수 맞춤, 곧 만남과 배려의 즐거움입니다.

💡 의심 드는 사람은 쓰지 말고, 등용한 사람은 의심하지 마십시오.

〈명심보감〉

행복은 일상의 수련과 연습을 통해 획득할 수 있습니다.

잔잔한 시간의 물결을 타고 거스르며 노는 게 인생이기 때문입니다.

행복은 습관의 텃밭에서 피어나는 꽃입니다.

큰 것 한 방에 기대는 인생의 KO 펀치는 바라지 않는 게 좋습니다.

출세하면 행복해진다는 것은 착각이고, 돈을 많이 벌면 행복하리라는 생각 또한 착각입니다. 행복은 순간순간 찾아오는 일상의 잔물결 같은 것이기에 일상에서 반복되는 연습이고 습관입니다. 속담에 "세 살 버릇 여든 간다" 간다는 말이 사실입니다. 습관이 버릇이 되거든요.

부모로서 자식한테 주는 최고의 교육은 잘 사는 것입니다.

건강하고 지혜롭고 건전하게 사는 것을 함께 누리며 더불어 보여주는 것이죠.

💡 대숲은 바람이 불 때 소리를 내지만, 바람이 지나가고 나면 소리를 남기지 않습니다.

차가운 연못은 기러기가 날 때 그림자를 드리우지만,

기러기가 지나가고 나면 그림자를 남기지 않습니다.

군자 또한 일이 생기면 마음이 드러나기 시작하지만,

일이 끝나고 나면 마음 또한 따라서 비게 됩니다. 〈채근담〉

💡 **인생은 가까이서 보면 비극이지만, 멀리서 보면 희극입니다.**
〈찰리 채플린〉

착함과 착하지 않음은 행동에 달려 있습니다.

착한 일을 자주 하여 몸에 익으면 착한 사람이 되고, 그는 그 즐거움으로 더욱 착해집니다.

사람의 인격은 결국 태도와 행동입니다.

💡 **왜 우리 사회는 이렇게 차갑습니까? 훈훈한 기운이 없습니다.**
서로 사랑하는 마음으로 방그레 웃는 세상을 만들어야겠습니다.
〈안창호〉

💡 **술은 반취(半醉)가 좋고, 꽃은 반개(半開)가 좋고, 복은 반복(半福)이**
좋습니다.

한탄은 어둡고 감탄은 밝습니다.

감탄은 한탄보다 힘이 셉니다. 감탄이 많아야 행복하지요.

날마다 햇빛에 감탄하는 인생은 어떨까요?

그리고 보면 감탄은 날마다 먹는 보약입니다.

모두 다 보약 먹고 힘내십시오.

창밖 구름 아슴하고 새소리 가깝네.

사람은 자취 없고 바람이 말동무하네.
차라리 혼자 있어서 세상 전부 내 것이네. 〈홀로 사랑〉

💡 **인생이라는 배는 배움을 연료로 삼아 앞으로 나아갑니다.**
배우지 않고서야 진정한 즐거움이 어디 있으며,
배우지 않고서야 새로운 삶이 어디 있을까요?

💡 **착한 사람은 밝은 사람이고, 착하지 않은 사람은 어두운 사람입니다.**
그러므로 착한 사람이 많아야 세상이 밝아집니다.

💡 **쥐를 보아도 몸집이 있는데 / 사람이면서도 예의가 없네.**
사람이 예의가 없다면 / 어째서 빨리 죽지 않는가. 〈시경〉

인생에서 시간은 바람입니다.
바람이 불지 않으면 전진도 후퇴도 할 수 없을 테죠.
모든 일에는 시간이 필요하듯 하루아침에 공부를 잘할 수는 없지요.
이 바람은 미풍일 수도 있고 태풍일 수도 있는 시간 속에 바람이 감춰져 있는 거죠.
까닭에 바람을 잘 타는 것이 중요합니다. 제때 부는 바람이 '행운의 바람'입니다.

남을 탓하기 전에 먼저 자기의 마음보를 돌아보는 게 좋습니다.

내가 가장 중요하고, 내가 이 세상의 주인공인 까닭이기에 제 맘을 제가 잘 챙기지 않으면, 스스로가 속절없이 쓰러질 것입니다.

💡 **신은 평범한 사람들을 좋아합니다.**

그것이 바로 신께서 보통 사람들을 이렇게 많이 창조하신 이유입니다. 〈에이브러햄 링컨〉

청춘은 나이를 불문해요. 청춘은 늘 설렙니다. 날마다 새로워요.

청춘은 나이가 아니라 마음의 상태를 말하는 게 틀림없습니다.

💡 **남에게 거친 말을 하지 마십시오.**

받은 자가 그대에게 돌려보낼 것입니다.

노기 섞인 말은 괴로움을 주나니

돌아온 매가 그대를 때릴 것입니다. 〈법구경〉

매혹은 사람을 꼼짝달싹 못 하게 하는 힘입니다.

'매혹'에서 '매(魅)'는 도깨비입니다. 도깨비는 사람을 잘 호립니다.

독서든 운동이든 삼매경에 자주 빠져드는 인생은 달콤합니다.

그것이야말로 가장 매혹적인 인생이지요.

삶의 고락(苦樂)은 어디에서 올까요?

몸이 속절없이 아플 때를 빼면 〈마음〉이 언제든 최고지요.

마음이 건강해야 자신의 밑바탕 마음가짐이 삶의 명암을 결정짓는 법이거든요.

마음이 밝고 둥글고 깨끗하면 매사가 그리될 것이고, 마음이 어둡고 모나고 혼탁하면 매사가 그리될 것입니다.

대관절 딴 게 무엇이 있을까요?

하루 세끼 밥을 잘 먹기보다 매 하루 마음을 잘 먹는 게 더욱 중요합니다.

매끼 마음을 잘 먹는 게 날마다 잘사는 비결입니다.

💡 세월은 본래 길고 오래지만 조급한 자는 스스로 짧다고 합니다.

천지는 본래 끝없이 넓지만 속된 자는 스스로 좁다고 합니다.

바람과 꽃과 눈과 달은 본래 한가롭지만,

부산을 떠는 자는 스스로 번거롭다고 합니다. 〈채근담〉

💡 높은 봉우리 우뚝 솟음은 크고 작은 산들을 온통 거느리는 기상입니다.

흐르는 물이 쉬지 않음은 수많은 냇물이 모두 한데 모이려는 뜻입니다. 〈동경대전〉

삶의 황홀감은 살아 있다는 느낌을 자주, 또 소중히 간직함으로써 (운동 습관이나 좋은 만남 등) 유지됩니다.

💡 모든 육체노동은 인간을 고결하게 합니다.

어린이에게 일하는 즐거움을 가르치지 않는 것은,

그를 미래의 약탈자로 만들 준비를 하는 것과 같습니다. 〈탈무드〉

적당한 잡음이 있어야 소리가 제대로 들린다는 사실을 기억해야 합니다.

잡음이 있다는 건 별별 소리가 다 있다는 뜻이지요.

그렇습니다. 사람이 사람 속에서 왈각달각 부대끼면서 살아가는 게 삶의 진정한 즐거움이 아닐까요.

💡 시작하지 않고서는 끝이 있을 수 없습니다.

시작이 최선입니다. '시작이 반이다'라는 말이 밝은 증거입니다.

💡 바람이 지나고 비가 지나간 가지에

또 바람, 비, 서리, 눈이 옵니다.

이 바람, 비, 서리, 눈 지나간 뒤에

이 한 나무에 꽃이 피어 영원한 봄이 옵니다. 〈동경대전〉

💡 이 슬픈 세상에서 슬픔은 누구에게나 찾아옵니다.

슬픔을 완전히 해소할 수 있는 방법은 시간밖에 없습니다.

사람들은 시간이 지나면 괜찮아질 것이라는 사실을 당장에 깨닫지 못합니다.

그러나 이것은 실수입니다.

우리는 반드시 다시 행복해집니다. 〈에이브러햄 링컨〉

💡 선물이나 은혜는 주고 즉시 잊어버려야 합니다.

마음에 담아 두면 불편해져요.

아낌없이 주되 정녕코 되받으려고 하지 마십시오.

고마움을 잊은 상대를 자칫 원망할 수도 있기 때문입니다.

💡 위대함과 편안함을 동시에 바랄 수는 없습니다. 〈서양 속담〉

삼매란 사물과 내가 하나가 되는 것입니다.

독서 삼매, 놀이 삼매, 공부 삼매, 운동 삼매...

삼매는 그 일에 온 정신을 집중하여, 한시도 잊어버리지 않는 것을 말합니다.

그러면 그리움도 삼매요, 간절한 소망도 삼매요, 정신 통일도 삼매입니다.

삼매는 황홀 그 자체로 삶의 황홀경에서 사람들은 행복의 절정을 맛봅니다.

💡 일이 비록 사소하더라도 하지 않으면 이루지 못할 것이고,

자식이 현명해도 가르치지 않으면 똑똑해지지 않습니다. 〈명심보감〉

💡 공자께서 말씀했습니다. "나는 네(제자 안연)가 죽은 줄 알았다."
안연이 말했습니다. "선생님이 살아 계신데, 제가 어찌 함부로 먼저
죽겠습니까?" 〈논어〉

💡 어떠한 것도 고독 없이는 달성할 수 없습니다.
예전에 나는 나 자신을 위하여 고독의 방을 하나 만들었습니다.
〈피카소〉

💡 인사만 잘해도 행복한 삶을 살 수 있습니다.
인사를 하면 인사가 메아리처럼 돌아오거든요.
인사가 만사입니다. 인사가 복을 짓습니다.
가장 간단하고 명료한 세상의 이치가 바로 이것입니다.
콩 심은 데 콩 나고 팥 심은 데 팥이 날 수밖에요.

💡 말해주면 들을 만한 사람인데 말하지 않는다면,
사람을 잃게 될 것이고 말해봤자 소용이 없는 사람인데 말한다면,
말만 잃게 될 것입니다.
지혜로운 사람은 사람을 잃지 않고 말도 잃지 않습니다. 〈공자〉

💡 모든 사람들이 미워해도 반드시 살펴서 확인하십시오.
모든 사람들이 좋다고 해도 반드시 살펴서 확인하십시오. 〈공자〉

💡 **세상을 살아갈 때 한걸음 양보하는 것을 훌륭하다고 말합니다.**

이는 물러서는 것이 곧 앞으로 나아갈 밑천이 되기 때문입니다.

사람을 대할 때 통상의 기준보다 1할 가량 너그럽게 대하는 것이 복입니다.

남을 이롭게 하는 것이 곧 자신을 이롭게 하는 근본이 되기 때문입니다. 〈채근담〉

억지가 아니고 자연스러움, 지나치지 않고 알맞음. 이것이 낙천의 샘터가 아닐까 합니다.

내 마음도 내 마음대로 사용하지 못하는 게 마음의 이치입니다.

마음은 파동이며 거기에 결이 있지요.

결 따라 생겨나는 마음 길이 '버릇'이고 '습관'입니다.

우리가 외부 자극에 무조건적 반응을 하게 되는 것은, 마음이 결을 따라 흘러가니까 그래요. 이 마음의 버릇을 사람들은 '성격'이라고들 말합니다.

'세 살 버릇 여든까지 간다'라는 말은 맞습니다.

성격을 고치는 일이 여간 어렵지 않거든요.

오랜 시간 켜켜이 쌓이고 다져진 마음의 결을 바꾸기가 웬걸 쉬운가요.

이것은 마치 지금껏 가던 길을 버리고, 전혀 딴 길로 가야 하는 것과도 같습니다.

길 바꿈의 그 성가심이나 속상함이나 비애감이나 불편함이나 헷갈림을, 스스로 감당하기가 쉽지 않은 까닭입니다.

💡 **친구가 있어 먼 곳에서 찾아오니, 또한 즐거움이 아니겠습니까.**
(有朋自遠方來 不亦樂乎 유붕자원방래 불역낙호) 〈공자〉

💡 **사랑에 빠지는 것은, 다시 태어나는 것과 같습니다.**
한 사람 때문에 모든 것이 달라집니다.
마음을 빼앗기니 모든 게 새롭게 다가옵니다.
사랑은 워낙 다시 태어남입니다. 환생이고 부활입니다.

💡 **할 일을 등한히 하고, 해서는 안 될 일은 하며,**
교만하고 게으른 자에게는 번뇌가 더해갈 것입니다. 〈법구경〉

우리는 오직 '오늘'을 살 뿐입니다.
지구 세계는 날마다 15만 명이 죽는다고 합니다.
그렇다면 하루하루 살아내는 것이 기적 같은 일일 수 있어요.
날마다 달마다 해마다, 사람들은 태어나고 살아가고 죽습니다.
이것이 자연의 법칙이고 인간사의 진실입니다.

(日日是好日 일일시호일)

💡 **절박하지 않으면 열어주지 않을 것이며, 간절하지 않으면 답해주지**

않을 것이며, 한 귀퉁이를 들어주었는데 세 귀퉁이를 돌이켜 추론하지 못한다면, 다시는 그에게 가르쳐주지 않겠습니다. 〈공자〉

💡 더웠다 서늘했다 하는 태도는 부귀한 사람이 빈천한 자보다 더 심합니다.
투기심은 육친이 남보다 더 심합니다.
상황이 이럴진대 냉철한 마음과 평온한 기운으로 제어하지 못하면,
번뇌의 장애에 빠지지 않는 날이 드물 것입니다. 〈채근담〉

💡 도움이 되는 친구 셋이 있습니다.
정직한 친구, 성실한 친구, 견문이 많은 친구.
손해가 되는 친구 셋이 있습니다.
편벽한 친구, 늘 아첨하는 친구, 말과 행동이 다른 친구. 〈논어〉

💡 자신의 장점으로 남의 단점을 드러내거나, 자신의 졸렬함을 부끄러워한 나머지 남의 유능함을 시기하는 일이 없도록 하십시오. 〈채근담〉

행복할 권리

하늘이 높다고들 하지만
몸은 굽히지 않을 수 없고
땅이 두텁다고들 하지만
조심해 걷지 않을 수 없네.
〈시경〉

슈바이처 박사가 흑인을 대하는 방식이 논어의 가르침과 비슷해서 깜짝 놀랐습니다.

소인은 너무 멀리해도 안 되고 너무 가까이해도 안 된다는 공자님의 말씀을 공부한 적 없어도 그는 아프리카 흑인을 딱 그렇게 대하더군요.

너무 멀리하면 원망하고 너무 가까이하면 버릇이 없어진다고 묘파한 중용의 도. 사실은 이걸 실천하기가 결단코 만만치 않습니다.

슈바이처는 이 점에서도 능히 '밀림의 성자'라고 할 만합니다.

💡 인간은 인생이 짧다고 한탄하면서도
마치 인생이 끝이 없는 것처럼 행동합니다. 〈세네카〉

💡 부자가 되기를 추구한다면, 비록 마차를 모는 마부의 일이라도 나는 기꺼이 할 것입니다.
그러나 만약 추구하지 않는다면, 내가 좋아하는 것을 하며 살겠습니다. 〈공자〉

돼지는 한배에 오롱조롱 십 수 마리까지 잉태하여 자식을 탄생시킵니다.

그런데 놀라운 것은 태어나자마자 어미 젖꼭지가 미리 정해져 있다는 사실이 참으로 경이로운 생명 현상입니다.

인간도 태어나는 즉시 사회의 젖꼭지가 미리 정해져 있다고 믿습니다.

💡 **세상을 살아갈 때 세속과 같이해서도 안 되고, 달리해서도 안 됩니다. 일을 할 때 사람들이 싫어하게 해도 안 되고, 기뻐하게 해도 안 됩니다.** 〈채근담〉

멋있는 사람은 천진난만한 구석이 있습니다.

천진난만하지 않고서야 누가 있어 멋에 겨워 낭만의 파도를 탈 것인가요?

자연은 천진난만하고, 자연스럽고 멋스럽고, 자연은 억지를 부리지 않습니다.

자연을 닮은 사람이 멋있는 사람임에 틀림없고 진정한 스승은 언제나 자연입니다.

사람을 한눈에 알아보는 방법이 있습니다.

자기보다 나이가 적거나 지위가 낮은 사람을 대하는 태도를 보면, 그의 인간성이나 사람됨이 그대로 나타납니다.

💡 **병이 든 뒤에야 건강이 보배이고, 곤경에 처한 뒤에야 평화가 복되다는 것을 압니다.** 〈채근담〉

한 톨 한 톨의 모래알은 결집이 약하지만 약간의 물기만으로 모래

알은 뭉쳐서 단단한 바윗돌처럼 됩니다.

아아아 우리네 생의 수분은 피와 땀과 눈물이 아닐는지요?

싸우지 마십시오. 부부간에 미워하지도 마십시오.

자신과 다른 상대의 마음을 그대로 받아들이는 게 중요합니다.

있는 그대로 받아들이는 게 큰마음이고, 큰마음을 내는 사람이 큰 사람입니다.

상대를 내 사람으로 만들면 내가 커집니다. 내가 큰사람이 됩니다.

진정한 사랑은 그 사람을 내가 인정하고 받아들이는 것에서 진정으로 출발할 테니까요.

💡 널리 배우며 뜻을 돈독히 하며, 절실한 것을 묻고, 가까운 것에서부터 생각해나가면, 인(仁)은 그 가운데 있습니다. 〈공자〉

💡 하늘이 높다고들 하지만 몸은 굽히지 않을 수 없고 땅이 두텁다고들 하지만 조심해 걷지 않을 수 없네. 〈시경〉

💡 이룩할 수 없는 꿈을 꾸고, 이루어질 수 없는 사랑을 하고, 이길 수 없는 적과 싸움을 하고, 견딜 수 없는 고통을 견디며, 잡을 수 없는 저 하늘의 별을 잡으리라. 〈세르반테스〉

💡 발돋움하여 서고자 하는 사람은 제대로 서지 못하고,

큰 걸음으로 걷는 사람은 잘 갈 수가 없습니다. 〈도덕경〉

💡 사람이 지나치게 한가하면 쓸데없는 생각이 슬며시 일어나고,
　지나치게 바쁘면 참된 본성이 나타나지 않습니다.
　군자는 심신의 근심을 지니지 않을 수 없고,
　동시에 풍월의 취미 또한 즐기지 않을 수 없습니다. 〈채근담〉

소리 내어 우는 것은 대개 수컷입니다. 개구리가 그렇고 매미가 그렇고, 동물 대부분이 그렇다고 해요. 그 까닭은 암컷의 에너지 사용을 줄여보려는 노력이 그렇게 나타난 것입니다.

💡 꽃은 반쯤 핀 것만 보고, 술은 조금만 취하도록 마시면,
　그 안에 고아한 정취가 가득 담겨 있습니다.
　꽃이 활짝 피고 술이 흠뻑 취하는 상황에 이르면,
　도리어 추악한 지경에 빠지게 됩니다. 〈채근담〉

💡 모든 도덕적 자질 가운데서도 선한 본성은 세상이 가장 필요로 하는
　자질이며, 이는 힘들게 분투하며 살아가는 데서 나오는 것이 아니라
　편안함과 안전에서 나오는 것입니다. 〈버트런드 러셀〉

현재의 자신에게 만족하고 있다면, 운이 좋다고 생각하면 됩니다. 운은 주관적인 것이며, 자기 만족도와 밀접한 관계가 있는 아주 특

별한 삶의 매듭이니까요.

가자미와 가오리는 부레를 포기했습니다.
바닥에 더욱 납작 엎드리기 위해서 그랬다는군요.

💡 남을 이긴 이는 힘이 있는 것이지만, 자신을 이긴 사람은 강한 것입니다. 〈도덕경〉

💡 마음으로 사랑하거늘 / 어찌 사랑한다 말하지 않으리
   마음속에 품고 있거늘 / 어찌 하룬들 그대 잊으리 〈시경〉

💡 산나물은 사람들이 물을 주어 가꾸지 않아도 스스로 자라고,
   들새는 먹이를 주어 기르지 않아도 스스로 살아갑니다.
   그 맛이 모두 향기롭고도 맑습니다. 〈채근담〉

💡 착한 사람은 착하지 않은 사람의 스승이고,
   착하지 않은 사람은 착한 사람의 자산이 됩니다. 〈도덕경〉

💡 분수에 맞지 않는 복과 까닭 없는 이득은
   조물주가 내던진 낚시의 미끼가 아니면 사람 세상이 쳐놓은 함정입니다.
   이런 상황에서 눈을 높은 곳에 두지 않으면,

그 꾐에 빠지지 않을 사람이 드물 것입니다. 〈채근담〉

도금하지 않은, 있는 그대로의 날것이 소중합니다.
순금으로 태어나 도금의 삶을 살아가는 게 인생이라 해도,
자기를 잃어버리고서야 진정한 행복을 찾을 수 없겠지요.
어떤 경우라도 원래의 자기 모습을 간직하십시오. 순금입니다.

💡 **지나친 아낌은 반드시 심한 낭비를 가져오고,
지나친 칭찬은 반드시 심한 비난을 가져옵니다.** 〈명심보감〉

💡 **아는 것은 안다고 하고 모르는 것은 모른다고 하는 것이, 진짜 아는
것입니다.** 〈공자〉

💡 **겨울을 이겨내면 곧장 봄이 오고 겨울은 그 자체로 좋은 게 아니라,
봄의 씨앗을 내장하고 있으매 진실로 아름다운 것입니다.**

내가 그다지 사랑하던 그대여
내 한평생에 차마 그대를 잊을 수 없소이다.
내 차례에 못 올 사랑인 줄은 알면서도
나 혼자는 꾸준히 생각하리라
자, 그러면 내내 어여쁘소서.
〈이런 시 – 이상〉

💡 사람은 태어나서 점차 죽음으로 다가갑니다.

삶의 길(長壽)을 가는 이가 열 가운데 셋은 되고,

죽음의 길(夭折)을 가는 이가 열 가운데 셋은 됩니다.

또 살 수 있으나 죽음의 자리로 가는 이가 열 가운데 셋은 됩니다.

〈도덕경〉

💡 인간의 선천적 본성은 서로 유사합니다.

인간의 후천적 습관은 서로 다릅니다. 〈공자〉

💡 당신의 생명을 너무 사랑하지도 말고 아끼지도 마십시오.

살아 있을 때 잘 살도록 하십시오.

그게 길지 짧을지는 하늘이 결정합니다. 〈존 밀턴〉

무슨 일을 하든지, 몸이 기억하는 단계까지 가야 합니다.

그렇지 않으면 새로운 변화에 기민하게 대응하지 못합니다.

운동을 하든, 공부를 하든, 요리를 하든, 무엇이나 수련에 수련을

거듭하여,

몸이 조건반사적으로 반응해야 하죠. 결국은 일심동체가 되어야 합

니다.

💡 작은 것을 보는 것을 '밝다'고 하고,

부드러운 것을 지키는 것을 '강하다'고 합니다. 〈도덕경〉

💡 그대들은 어찌하여 시(詩)를 배우지 않습니까?
시는 내면의 감정을 일으키고, 새로운 관점을 볼 수 있고,
공감을 통해 집단화할 수 있고, 가슴의 원망을 표출할 수 있고,
가까이는 부모를 섬길 수 있고, 멀리는 임금을 섬길 수 있으며,
짐승과 초목의 이름을 많이 알게 하는 장점이 있습니다. 〈공자〉

사람들은 자신의 비밀스러운 꿈을 기어이 끄집어내어 보나 봅니다.
세월 따라 삶이 달라지듯이 꿈도 다른 모양, 다른 색깔을 갖습니다.
나이에 맞게 꿈에는 그 나름의 색깔이 있어 아름답습니다.

유년 시절의 꿈이 아침놀이 머금은 진보랏빛이라면, 소년 시절의
꿈은 들끓어 오르는 힘이 지닌 붉은 핏빛입니다.

청년 시절의 꿈이 가을 하늘을 찌를 듯이, 우뚝 선 소나무 잎새처럼
날카로운 푸른빛이라면, 장년 시절의 그것은 비 온 뒤에 도랑을 거칠
게 돌아나가는, 검붉은 황토물 빛입니다.

세월의 나이테가 올올이 새겨지는 중년 시절의 꿈이 잘 익은 연시
같은 진한 홍색이라면,

노년 시절의 그것은 겨울 햇살을 받아 가무댕댕하게 변색 되어 가
는, 고욤의 검정 먹빛입니다. 지금 벗님의 꿈은 무엇인가요?

💡 앞으로 올 날을 알려거든, 먼저 이미 지난 일을 살펴보십시오.
〈명심보감〉

💡 인간 중심주의 사상의 최고 정점은 '신'의 존재입니다.

지금 대한민국에서 국가 직영 영유아 돌봄센터(노년층 복지 혜택은 혁명적으로 몽땅 삭제하고)가 필요합니다. 출산과 육아의 근심 없이 젊은 층이 잘 살 수 있도록 말이죠. 신생아 출생과 영유아 보육 정책에 나라 힘과 예산을 몽땅 집중해야 합니다. 영유아를 100% 나라 힘(예산과 제도)으로 키워야 합니다. 그래야만 대한민국이 지구 위에서 새 힘으로 펄펄 힘차게 살아날 수 있습니다.

자신감은 삶의 무한 에너지입니다.
자신감은 삶의 태양입니다. 자신을 믿으십시오.
태양을 믿으십시오. 태양 없이 사람이 살 수 없는 것처럼.

💡 예절이 아닌 것은 보지 말며, 예절이 아닌 것은 듣지 말며, 예절이 아닌 일은 말하지 말며, 예절이 아닌 일에는 움직이지 마십시오. 〈공자〉

💡 화(禍)는 복(福)이 의지하는 바이고, 복은 화가 잠복한 곳입니다.
〈도덕경〉

💡 태어나면서 아는 자는 최상이고, 배워서 아는 자는 그다음이고, 부족해서 배우는 자는 또 그다음이고,

부족함에도 배우지 않는 자는 인간으로서 최하의 사람입니다. 〈공자〉

💡 현명하다는 사람을 숭상하지 말아야, 사람들을 다투지 않게 할 것입니다. 〈도덕경〉

💡 땅속에 묻힌 뿌리는 가지로 하여금 열매를 맺게 하면서도,
아무런 대가를 바라지 않습니다. 〈타고르〉
사람이 태어나 배우지 않으면, 어두운 밤길을 걷는 것과 같습니다.
〈명심보감〉

전화위복의 마음 씀씀이가 '긍정의 힘'입니다.

일이 잘못되었을 경우는 전화위복을 바로 실천하십시오.

가령 물을 엎질렀다면, 즉시 대청소를 과감히 하고 주변을 깨끗이 정리하십시오.

그러하매 가슴 깊은 곳에서 새 마음이 금세 파릇하게 돋을 것입니다.

💡 사람이 짐승과 다른 바는 단지 조그마한 차이인데,
일반 사람들은 그것을 내다 버리고, 군자는 그것을 보존합니다. 〈맹자〉

'긍정의 마음'은 현재를 중시하고 미래를 바라보는 마음입니다.

반면에 '부정의 마음'은 현재를 놓치고 과거에 집착하는 마음입

니다.

아아 아십시오. '긍정의 마음'이 현실 생명의 절대 에너지라는 것을!

💡 **옛날 사람들이 말을 함부로 하지 않은 것은,**
자신이 한 말을 제대로 실행하지 못할 것을 부끄러워했기 때문입니다. 〈공자〉

한국 사람은 '하느님'을 영적 뿌리로 합니다.

사람들은 삶 속에서 종교를 가지고 싶어 하고, 날마다 하느님을 정성으로 모시고 싶어 합니다. 그런데 공교롭게도 이것이 예수 그리스도교가 한국 사회에서 갈수록 흥하고 또 흥하는 까닭이기도 합니다.

💡 **우리 모두 5씨가 고운 사람이 되면 어떨까요.**
– 맘씨, 말씨, 글씨, 솜씨, 맵씨

💡 **영혼의 나이는 영원히 늙지 않습니다. 〈법정〉**